KB076380

내담자

내담자

초판 1쇄 발행 2019년 3월 31일

지은이 김세잔
발행처 예미
발행인 박진희

편집 이정환
디자인 김민정

출판등록 2018년 5월 10일(제2018-000084호)

주소 경기도 고양시 일산서구 중앙로 1568 하성프라자 601호
전화 031)917-7279 팩스 031)918-3088
전자우편 yemmibooks@naver.com

ISBN 979-11-89877-00-2 (03810)

• 책값은 뒤표지에 있습니다.

이 도서의 국립중앙도서관 출판예정도서목록(CIP)은 서지정보유통지원시스템 홈페이지(http://seoji.nl.go.kr)와 국가자료공동목록시스템(http://www.nl.go.kr/kolisnet)에서 이용하실 수 있습니다. (CIP제어번호 : CIP2019008663)

내담자

김세잔 지음

예미

prologue

그건 꿈이 아니었던 것 같다. 해빙의 샘물이 넘실대는 호숫가, 나는 허름한 방갈로에 들어앉아 구식 타자기를 치고 있다. 자판에 숫자만 새겨진 타자기는 자신만의 언어를 잊은 듯 보였다.

'타다다닥…….'

타자기를 두드릴수록 두통이 몰려온다. 문자를 찍으려 해도 숫자만 찍힌다. 그때, 뭍을 침범하려는 물결처럼 너울거리는 옷차림으로 그녀가 나타났다. 가벼운 바람결에도 하늘거리던 홑옷은 민들레 홀씨처럼 날아간다.

그녀는 여신의 자태로 서 있다. 털끝 하나 없는 깨끗하고 번들거리는 나신, 나는 넋 잃고 바라보다가 웃통을 벗고 두통의 원인을 제공했던 숫자 타자기를 속옷으로 덮는다.

밝은 저녁놀, 야자수가 병풍처럼 둘러쳐 있고, 하늘을 벌겋게 뒤덮은 노을을 침대 삼아 우린 한 쌍의 뱀처럼 어우러진다.

거룩한 성지로 이어지는 층계를 오르듯 차곡차곡 전희의 계단을 밟으면 그녀의 나신이 황홀한 핑크빛을 발한다. 자세를 바꾸어 나는 그녀의 엉덩이를 부여잡고 경외해 마지않는 운동을 시작한다.

빨갛고 윤기 나는 딸기시럽이 허공을 메울 때의 질척이는 소리가 간헐적인 리듬 따라 화음 넣듯 들려왔다. 나는 부드러움을 잃지 않으며 오직 허리의 힘으로 율동을 더할 것처럼 움직였다.

야생마가 말갈기를 푸른 하늘에 휘날리며 맘껏 포효하는 것처럼 그녀는 몇 번이고 황홀감을 터트렸다. 얼마나 격정적으로 찡그렸는지 그녀의 이맛살, 양미간에 옅은 주름이 배어 있다.

뼈와 살, 그리고 정과 욕, 모든 걸 토해내고 그녀는 내 가슴에 사랑스런 뺨을 얹고 보조개 미소를 띠었다. 난 하염없이 그녀의 눈동자를 마주 보며 머릿결을 쓰다듬는다.

'쏴아아-'

잔잔한 물살이 다가와 몸을 씻겨준다. 상체를 일으켜 세우려는 순간, 부드러운 물살이 젤리처럼 굳어지며 골반 전체에 압박감을 행사했다. 하도 이상하여 밑을 보았을 땐 샘물이 배꼽까지 침범한 채 얼어붙어 있다. 그때의 감흥을 시로 적는다.

촉수이고파

거대한 혀이고 싶어.

널 살살이 핥아 안고

속속들이 맛보고 싶다.

야릇한 촉수이고 싶다.

네 골수로 들어가 파헤치고

네 뇌수에 스미어 일체가 될 수 있게…….

인간에겐 여섯 번째 감각이 있다. 간혹 그것을 육감이라고도 하지만, 육감의 진짜 이름은 촉수이다.

촉수는 시각보다 뚜렷하며 분명한 감각이란 걸 사람들은 알지 못한다. 뿌리 내리지 않은 나무를 상상할 수 없는 것처럼, 얼음을 물에 띄우면 단지 1/10이 수면 밖으로 드러나는 것처럼, 인간은 물질 너머 '이상'이라고 하는 정신세계에 촉수를 깊숙이 뿌리 내리고 있다.

감각이 생존과 쾌감이라는 두 가지 기능을 담당하듯이, 촉수는 생존을 위해 필요한 정보를 수집하며 인간에게 오감이 선물하지 못하는 쾌락의 문을 열어 줄 것이다.

Contents

제2부 ___________ 섹스의 중력

제3부 ___________ 내담자들

제1부

쾌락의 무게

DNA욕망

DNA의 이중나선구조를 발견한 공로로 1962년 노벨상을 수상한 왓슨과 크릭은 자신들의 연구에 지대한 영향을 끼친 R. 프랭클린을 기념하여 로잘린드 재단을 창설하였다. 생물학 분야에서 뚜렷한 업적을 쌓았거나 혁신적인 논문을 발표한 이들에게는 공로상을 수여하였는데, 그해 논문상에 한국인 최초로 이지야 교수가 수장자로 선정되었다.

생물학 분야에서 노벨상에 필적할 정도의 권위가 있다는 사실이 언론에 알려지며 이지야 교수의 인기와 위상은 높아졌다.

'이지야 교수, 한국에 온다!'

그녀가 귀국한다는 소식에 마치 세계적인 스타가 방한할 때처럼 매스컴이 떠들썩하다. 사람들은 그녀가 이룬 업적이나 연구 성과보다는 빼어난 외모와 성장 배경 등 주로 가십거리에 치중했다.

"이렇게 환대해주셔서 감사합니다."

칸 영화제에서나 깔려 있을 법한 레드카펫을 밟으며 그녀가 말했다. 곧이어 그녀가 기자회견장에 모습을 드러낼 땐 연신 플래시가 터졌다. 회견장 테이블엔 커다란 꽃병에 흑장미가 담겨 있었는데, 그녀의 미모와 절묘하게 어울렸다.

"로잘린드 과학상을 수상하신 것에 다시 한 번 축하드립니다. 한국인 최초로 수상하신 것에 국내 학계는 물론 전 세계 과학계가 고무되어 있는데요. 교수님, DNA는 과연 무엇입니까?"

사회자가 다소 장황하게 느껴지는 축하인사를 전하며 어리숙한 표정으로 질문을 던졌다.

"DNA는 상표와 같은 것입니다. 제품에 회사 상표를 새겨 넣는 것처럼 우리 몸 300조에 달하는 세포 하나하나에 '나'라는 상표가 붙어 있습니다."

이지야 교수는 통역사를 통하지 않고 유창한 한국말로 답했다. 외국어 발음에 익숙해진 탓에 다소 불명확한 음이 있긴 했지만 뜻을 알아듣는 데 무리가 없고, 오히려 혀를 굴리는 듯한 발음마저도 그녀의 독보적인 존재감을 드러나게 했다.

"설계도라는 말은 들어봤어도, DNA가 상표라는 말은 처음 접하네요. 기자들에게 마이크를 넘겨야겠지만 한 가지만 더 질문하겠습니다. DNA의 미래는 어떻게 될까요?"

이지야 교수는 이번엔 대동한 통역사에게 한참을 따져 묻고 들었는데, 대체로 사회자의 질문을 이해하지 못하겠다는 표정이 역력하다. 혹은 단순하게 오랜 외국생활에 고난이도의 모국어 구사능력을 상실한 것일 수도 있다.

“우주엔 무한하게 많은 물질이 있습니다. 무한한 물질세계에 적어도 300조 개의 세포물질엔 나의 상표, 즉 나의 아이덴티티가 새겨져 있는 것입니다. 인류는 DNA의 구조를 밝히는 것에 머물지 않고, 그 기능과 신비를 개척해나갈 것입니다.”

어리숙한 표정의 사회자는 그제야 마이크를 내려놓는다.

“세계적인 학술연구지에 내놓은 바 있는, 교수님이 이번에 규명하신 DNA의 실체와 신비한 기능은 무엇입니까?”

어느 기자의 질문에 이지야 교수는 담담한 목소리로 생각을 밝혔다.

“DNA는 인간의 욕망에 깊이 관여하는 것으로 밝혀졌습니다.”

그녀의 진술에 잔잔한 파도물결처럼 수성거림이 퍼져나간다. 이지야 교수는 빨갛고 어여쁜 입술을 마이크에 가까이 하며 부연했다.

“그것은 섹스와 관련된 것입니다.”

특강

이지야 교수가 우리 대학에 특강을 온다는 소식이 전해지며 세간에 떠들썩했던 물결은 교정 내에까지 여파가 몰려왔다. 풍문으론 부학장님이 연구실을 따로 마련해주어 전임교수로 삼으려 한다는 소문도 돌았다.

이지야 교수의 첫 번째 특강, 딱히 학점에 반영되지 않는 교양강좌인데도 학생들이 구름 떼처럼 몰려들었다.

"세계적인 석학을 우리 대학에 초빙할 수 있게 되어 영광입니다. 본 강좌는 특별히 존경하는 학장님과 부학장님의 열정과 노고로……."

교무국장이 사회를 자청하며 틀에 박힌 담화문을 발표했다. 강의실엔 좌석 마감된 열차처럼 입석 행진이 벌어졌지만, 나는 운 좋게도 앞자리를 차지할 수 있었다.

지루했던 교무국장의 연설이 끝나고 이지야 교수가 소개받아

나온다. 만면에 흑장미 같은 고혹적 미소,

"감각을 초능력이라고 생각해본 적 있나요?"

이지야 교수는 단상에 서며 말머리를 열었다.

"강의는 문답식으로 이루어져야 한다는 생각이에요. 빛나는 질문은 판에 박힌 정답을 뒤집는 법이죠. 청중이 많긴 하지만 적극적으로 질문하세요."

이지야 교수는 강의실 안을 마치 런웨이하는 모델처럼 우아한 발걸음으로 활보하였다. 그녀는 호리호리한 신장에 허름한 젠 스타일 의상을 입고 있었는데, 어쩐지 옷에 가려진 여교수의 육감적인 몸매를 상상할 수 있다.

"자신의 욕망을 이해하는 것은 나를 알기 위한 것입니다. 섹스는 인간의 욕망 중에 가장 큰 부분을 차지하고 있어요. 사랑과도 밀접한 관계가 있지요. 나를 이해하기 위해서라도 자신의 성(性)을 찾아야 해요. 거기엔 타인의 성을 이해하는 것도 포함됩니다. 인류는 이성 간의 성적 결합에 의해 존속되어 왔고, 앞으로도 그럴 예정이니까요."

이지야 교수는 이지적인 눈매로 우릴 대적하듯 살펴보며 말을 잇는다.

"성(性)을 이해하려면 성기에 대해 알아야 합니다. 무기를 개발한다고 전쟁에서 반드시 이긴다고 할 수는 없지만, 성적 결합을 가능하게 하는 자신의 도구에 대한 이해 없이 섹스를 정의할 수는 없지요."

이지야 교수는 차트 펼치듯 PPT 파일을 열었는데, 성기에 대한 그림과 사진이 봇물 터지듯 쏟아져 나온다.

'아!'

덩달아 청중들 사이에서 신음과 같은 탄성소리가 터져 나오고, 인사말 소개 후 퇴장하려던 교무국장은 발 잡힌 하마처럼 우두커니 서 있다. 초장부터 혀를 내두르게 하는 여교수의 과감성이란……!

"개인의 성기는 사회제도, 혹은 종교적인 이유로 변형되어 왔어요. 남자는 할례를 행하거나, 일부다처제 사회에선 여성의 음핵을 제거하는 의식을 강요받았죠. 우리나라는 기독교 국가가 아닌데도 지금 강의실에 있는 남학생들 거의 예외 없이 포경수술이라는 걸 하지 않았겠어요?"

나를 비롯한 남학생들은 얼굴을 붉혔다. 그것이 꼭 눈앞에 펼쳐진 여실한 남근 사진 때문만은 아닐 것이다. 인디언의 어느 부족은 남근 모양의 탑을 30미터나 쌓아 올렸다.

"포경수술이 과연 좋은 건가요?"

어느 호기심 많은 여학생이 질문을 던졌다.

"비뇨기과 의사들의 의견이 개입되지 않은 답변을 원하나요?"

이지야 교수의 응답에 호수물결 같은 웃음소리가 퍼진다.

"할례가 종교의식으로 자리한 건 순례자들이 길을 떠나는 동안 씻을 기회가 없어서입니다. 경건한 순례길에 사타구니를 씻는 건 무례한 것으로 여겨졌죠. 청결에 소홀하다 보니 악취가 심했어요. 순례를 떠나기 전 귀두를 감싼 표피를 제거하는 의식을 행한 겁니다. 과거의 시기, 어느 특정 지역에서 벌어진 일을 지금에 와서 굳이 따라갈 필요는 없지요. 이 시대의 남성들은 귀두에 굳은살이 박혀버렸어요. 강하고 세게, 그리고 깊이 찌르는 것밖에 모르죠. 덕분에 여성들도 불감증에 시달리고 있습니다."

질문에 대비한 것처럼 PPT에 섹스 빈도와 이혼율에 관련한 도표가 떠올랐다.

"과거엔 섹스가 부부간의 큰 즐거움이었는데, 이제 섹스 없는 결혼 생활은 흔한 것이 되었어요. 세계에서 섹스리스(Sexless) 부부가 가장 많은 나라는 어디일까요?"

우리는 이 흥미로운 퀴즈에 정답을 대려고 노력했다. 답은 전혀 예기치 못한 곳에서 나왔다. 우리나라가 한류열풍을 일으키듯 전 세계에 성류(性流)열풍을 일으킨 이웃 나라…….

"일본이 첫째이고, 한국은 일본에 이어 두 번째입니다. 불과 2~3년 만에 급격하게 늘어났고, 이러한 추세라면 얼마 안 있어 두 쌍 중에 한 쌍이 섹스리스인 일본을 추월할 것 같습니다. 섹스리스 부부가 늘어나면서 이혼율도 증가하는 추세이며, 결혼에 대한 필요성을 느끼지 못하는 성인 남녀들도 늘어나고 있어요."

"교수님, 섹스리스 부부가 생겨나는 이유가 무엇입니까?"

여드름이 많은 어느 남학생이 열의에 찬 목소리로 질문했다. 이지야 교수는 순순히 내어줄 것 같지 않은 음흉하면서도 미묘한 미소를 머금는다.

"궁금하죠, 이해하기도 힘들고?"

여기저기서 폭소가 터지고, 남학생의 얼굴은 분화구 활성화된 화산처럼 수많은 여드름이 자연 폭발하여 말끔해질 것 같다.

"근본적인 이유와 드러나는 현상 모두 살펴볼 필요가 있습니다. 설문조사에 따르면 한국의 절반에 가까운 남성들이 성(性)을 쾌락을 위한 도구로 여기고 있어요. 제가 영국 유학 중에 놀란 건데, 부모가 고등학생 자녀에게 성적취향에 대해 스스럼없이 묻고 이성 친구를 만난다고 하면 피임도구부터 챙겨주더군요. 부부끼리 수시로 애정표현은 말할 것도 없고요."

이지야 교수는 소리 높여 말했다. 출력 약한 스피커가 넘치는 음량을 감당 못 해 다소 갈라지는 목소리가 났는데, 어쩐지 귓가에 착 달라붙는 느낌이 든다.

"가부장적 사회 분위기 속에서 우린 성에 대해선 함구하는 법부터 익힙니다. 성을 대하는 태도의 변화 못지않게 중요한 건 외부적 요인입니다. 섹스 행위는 여가와 밀접한 관계가 있어요. 육아와 직장 스트레스, 평균 노동시간 등 부부간의 관계를 저해하는 요소가 산재해 있는 상황에서 어찌 보면 섹스리스는 당연한 것입니다. 나라 전체가 워커홀릭, 과도한 경쟁에 혹사당하는 우리세대는 어쩌면 무성생식을 연구해야 하는 시점에 와 있는지도 모르겠어요."

잠깐의 쓴웃음을 삼킬 새도 없이 스크린엔 감각과 성감대에 관련한 PPT가 떠오른다.

"어디에나 차이는 존재합니다. 감각에도 차이가 있어요. 맛을 느끼는 감각세포, 흔히 맛봉오리라고 하는 미뢰의 수는 사람마다 다릅니다."

나는 여교수의 '맛봉오리'라는 말에 주목했다.

"인간은 보통 1만 개의 미뢰를 가지고 있어요. 그런데 어떤 이들은 두 배 넘게, 심지어 4~5만 개의 미뢰를 타고나는 이들도 있지요. 이들은 감각만 탁월한 게 아닙니다. 맛을 감지하고 인식하는 두뇌영역도 훨씬 크고 발달해 있어요. 이상 제가 말하고자 하는 것이 무엇일까요?"

아무도 입을 열려 하지 않기에 내가 답했다.

"성감대요."

"네?"

나는 좀 더 큰 목소리로 생각을 밝혔다.

"개인마다 성감대의 수와 그걸 감지하고 분석하는 능력도 다르지 않을까요."

"와우! 상을 줘야 하겠군요. 보통 이 대목에서 여러분에게 질문하지 않지만 왠지 묻고 싶어 그리했는데 결과적으로 잘했네요."

이지야 교수는 가벼운 칭찬의 말을 던진 것이겠지만 내게는 지그시 바라보는 시선이 느껴진다. 나는 그녀의 몸짓을 눈여겨보았다. 표정이 풍부하다는 건 공감능력이 뛰어나다는 반증, 성숙한 중년의 나이, 감탄사를 잘 쓰고 리액션이 강한 스타일, 침대 위에서도 성(性)의 맛봉오리를 방긋방긋 터트릴 것 같은……!

"개의 후각은 인간보다 1만 배 이상의 능력을 보인다고 해요. 길거리를 걷다 보면 종종 배설물 냄새를 맡는 강아지들을 목격하지요? 악취가 심할 텐데, 더군다나 민감한 그들의 코로 왜 일부러 악취를 맡으려 하는 걸까요?"

이번에는 답하지 않았다. 교수님도 대답을 기대하고 묻는 말은 아니었을 것이다. 그때, 누군가 손을 들며 말했다.

"감수성이 뛰어나다는 건 예민하거나 까다로운 것이 아니라, 내구성이 높다는 것이고, 설혹 악취나 고통 같은 참기 힘든 것이라도 극복할 수 있는 내성을 갖춘다는 의미 아닌가요?"

대답하는 이를 모두 돌아보았다. 맨 뒷자리에 서 있던 그녀는 맑고 깨끗한 목소리를 내었다.

"와우! 훌륭한 대답이에요. 맞아요. 감수성이란 수용 능력이 뛰어날뿐더러 포용할 수 있는 영역이 확장된다는 걸 의미합니다. 그리고 극복할 수 있는 내성이라 했는데 거기에 조금만 더 보태면 즐기는 영역으로까지 확대하는 것입니다."

강의실엔 화기애애한 기운이 넘쳤지만 이해할 수 없는 말에 질문을 던지지 않을 수 없었다.

"악취를 즐긴다고요?"

"네, 정확히는 고통을 즐기는 것이지요. 자, 여기 도표를 보세요."

섹스를 과학적으로 증명하는 것에 남다른 탐구심이 느껴진다.

강의 1-1

도표엔 남들보다 우월하게 성감을 타고난 이들, 몇 배는 많은 성감대를 타고나 성적 쾌감을 느끼는 두뇌의 영역마저 일반인보다 훨씬 발달되어 있는 이들과 그들의 행동방식을 다룬 것들이 나열되어 있다. 사디즘이나 마조히즘에 대한 설명이 이어졌다. 전반적으로 흥미로운 강의 내용이었지만 어쩐지 그런 것에 흥미를 느끼지 못하겠다. 나의 뇌는 관심사가 아니면 빨리 스킵하라고 명령했다.

"앞서 감각은 초능력이라고 했지만 여러분들 대부분이 동의할 수 없다는 걸 알고 있어요. 자, 그렇다면 감각이 초능력이 될 수 없는 이유부터 따져볼까요?"

마초적인 기질이 있는 건지, 이지야 교수는 자신의 주장을 관철시키기 위해 혐오를 불러일으킬 수 있는 주제를 다시 꺼내 들었다. 그것은 자유분방함을 넘어 도를 넘은 수준의 것이었다. 동성 간의 섹스를 언급하며 애널섹스(Anal Sex: 항문섹스)에 대한 것도 곁들여 있다.

"우리는 선천적으로 감각을 타고난 이들을 인정할 수밖에 없어요. 그들의 행위는 일반적인 기준 밖이거나, 혹은 지나쳐서 반감이 일지요. 미식의 영역이 끝이 없어 세상의 모든 음식을 맛볼 수 있는 것처럼 섹스 또한 사회가 허용한 범위를 떠나 개인의 취향에 비추어 보다 자유로울 필요가 있어요."

시간이 어떻게 흘렀는지 모르겠다. 다만 상식적인 기준에서 변태라 규정한 것들을 이지야 교수는 마치 그것이 감각이 뛰어난 이들이 발휘한 초능력의 부산물이라고 규정하는 듯싶다.

"여기 섹스지수가 있습니다. 성감대의 개수, 성적인 것에 반응하는 정도, 평소 섹스에 대한 상상과 빈도 등을 추적해서 자신에게 섹스지수를 매겨 봐요."

"성감대는 어떻게 측정할 수 있나요?"

앞서 칭찬받은 경력이 있는 맨 뒤에 서 있는 여학생의 질문에 교수님은 살짝 당황한 기색이다.

"일단은 자신의 경험에 비추어 측정해보는 수밖에 없어요."

"성감대를 측정할 수 있는 기구가 없다니 놀랍군요."

여학생의 말에 곳곳에서 실소가 터져 나왔다. 때마침 강의 종료를 알리는 종소리가 울린다.

1, 섹스에 대한 상상과 빈도: 많다. 섹스에 미치지 않았나 생각 들 정도로……

2, 성적인 것에 반응하는 정도: 섹시한 건 예술을 넘어 진리라는 생각!

3, "성감대를 측정할 수 있는 기구가 없다니 놀랍군요."

- 나의 섹스지수는 미지수!

그날 밤엔 야한 꿈을 꾸었다. 이지야 교수가 강단에 서고, 뭔가 이상한 개념이지만 나는 그녀의 말이 아닌 행동을 받아 적는다. 언뜻 제복처럼 보이는 교수님의 빳빳한 스커트에 벌써부터 흥분된다. 성기와 같은 필기구가 빳빳해진 덕에 손에 들고 글씨를 쓸 수 있었다.

여교수는 숨길 수 없는 나의 치부를 곁눈질로 확인하더니 갑자기 의자를 걷어차 무릎 꿇린다. 그녀가 고개를 숙이는 바람에 잘 다려진 블라우스 너머 아찔한 가슴골이 내비쳤다.

불순한 눈빛을 의식한 그녀는 나의 눈을 가렸다. 눈가리개가 풀렸을 땐 어느새 짙은 검은색 스타킹, 망사 가터벨트로 갈아입은 이지야 교수가 볼륨감 넘치는 골반을 흔들며 다가온다.

하늘거리며 다가오는 그녀의 모습에 엉뚱하게도 입에 군침이 돈다. 그녀는 매끈한 다리로 나를 지그시 눌렀다. 높은 하이힐 굽이 몸 구석구석을 희롱했지만 나는 옴짝달싹할 수 없다. 오히려 여인의 압도적인 힘에 짓눌려 더없이 평온하다.

이지야 교수는 말로 다 표현할 수 없는 성적 카리스마를 발산했다. 그것은 도저히 글로 받아 적을 수 있는 성질의 것이 아니었다. 문득 팔에 날카로운 고통이 느껴졌다. 시선을 돌리자 팔이라 생각되는 건 날개였고, 야릇한 색의 기운에 현혹되어 뛰어든 주화성의 불나방처럼 여인이 내뿜는 화염에 나의 날개는 불타는 것처럼 사라져 간다.

강의 2

출입문이 가까운 앞좌석에 앉아 강의 시작도 전에 질문을 던졌다. 어차피 부수적인 과목, 흥미롭긴 하지만 전처럼 혐오를 불러일으키는 강의내용이라면 언제든 강의실을 빠져나갈 작정을 하며,

"교수님, 수업에 앞서 질문 있습니다. 일반인들보다 성감대를 더 많이 타고난 이들의 초능력을 본받으라는 말씀입니까?"

고민 끝에 고른 말인데 질문하고 나니 들뜬 목소리만큼이나 다소간의 어폐가 있었지만 이지야 교수는 이해한다는 듯 고개를 끄덕였다.

"그렇게 받아들였다면 유감이네요."

교수님의 말을 방증이나 하는 것처럼 북적였던 강의실엔 드문드문 빈자리가 눈에 띄었다.

"어느 누구도 감각이 능력이라고 생각해 본 적은 없을 거예요.

능력은 능동적 성취, 혹은 문제 해결의 능력으로 받아들여지고 있어요. 그에 비해 감각은 수동적이며, 눈, 코, 입 가진 이라면 누구나 감각할 수 있다고 생각하지요. 그러나 감지하고 느낄 수 있다는 건 또 다른 능력입니다."

반 이상의 인원이 빠져나간 것에 유감을 표하는 것처럼 이지야 교수는 담담한 목소리로 말을 이어갔다.

"예전에 지성은 지적인 사고를 할 수 있는 능력으로 받아들여졌어요. 많은 지식을 쌓아야 하는 것은 물론 보편적 기준에 근거해 합리적이고 타당한 판단을 내리는 것이었지요. 시대가 변해 지금은 지성의 의미가 달라지지 않았나요?"

저번 강의 때 맨 뒷자리에 서 있던 그녀가 강의실로 뛰어드는 바람에 흐름이 끊겼다. 그녀는 조용히 내 앞자리에 앉았다.

"수많은 정보와 지식이 차고 넘쳐나요. 그중에 무엇이 옳고 그른지를 판단할 수 있어야 하죠. 그렇지만 올바른 정보인가!라는 판단의 기준은 어디에 근거하는 건가요, 혹 옳고 그름의 문제가 아닌 개인의 욕망에 의해 정보와 지식을 선별하는 건 아닐까요? 그렇게 선별된 기준으로 타인에겐 배타적이며, 본인 스스로에게 이기적인 선택을 강요하는 것이라면 어떨까요?"

이지야 교수는 전 시간에 보였던 PPT 「섹스는 사회적 언어」라는 도표를 다시 꺼내 들었다.

"통찰력이 필요합니다. 섹스도 남다른 통찰력으로 자신과 타인을 이해할 수 있는 수준으로 끌어올려야 해요. 말을 잘하거나 그림을 잘 그리는 기술처럼 섹스의 기술이 필요하죠. 섹스란 일종의 언어이기 때문에 드러나는 행태와 양상에 대해 알아둘 필요가 있어요. 개인 취향에 꺼림칙하거나 혐오스럽다면 자신은 그 언어를 쓰지 않으면 그만이죠."

누군가 불만족스러운 목소리로 물었다.

"개인 취향이라니요? 동성애가 섹스의 일부이며, 일종의 사회 언어라고 주장하시는 겁니까?"

"왜 아니겠어요? 누가 감히 그것을 옳다 그르다 판단할 수 있을까요?"

그녀는 질문자의 의도를 이해한다는 눈빛으로 말했다.

"동성애는 에이즈를 전염시킨다는 인식이 있지요. 여성 간 동성애는 해당되지 않지만 남성들이 항문성교 시 에이즈에 걸릴 확률이 높기 때문이라고 주장합니다만, 이것은 사실이 아닐뿐더러 이성 간의 성교도 에이즈에 걸릴 확률이 존재합니다. 그렇다면 성교 횟수가 증가할 때마다 에이즈에 걸릴 확률이 높아질 테니, 그러한 논리라면 에이즈 예방을 위해 출산을 위한 불가피한 경우를 제외하고 섹스를 전부 금지해야 하는 것 아닌가요?"

이지야 교수는 단상에 있는 물을 한 모금 마셨다.

“이 밖에도 동성애 반대를 주장하는 이들이 내세우는 근거가 여럿 있는 걸로 알고 있어요. 크게는 인류의 번식에 저해된다는 논리이거나 종교적 신념에 반한다는 것인데, 그러기에 앞서, 편협한 기준으로 타인에게 강요를 하고 있지 않나! 하는 문제부터 고찰해야 한다고 생각합니다.”

이지야 교수는 프린트를 나누어주며 말했다.

“자, 옳고 그름의 판단을 내리기에 앞서 기본부터 알아야 해요. 형이상학적인 문제도 물질에 대한 이해부터 시작합니다. 수학이 가능한 건 숫자가 있기 때문이고, 언어로 뜻을 전할 수 있는 건 문자가 있기 때문이에요. 숫자로 산수를 하거나 문자로 단어를 이해하는 데에는 또 다른 별개의 학습이 필요합니다. 가장 기본적인 숫자도 익히지 않으면서 수학을 논하려는 자체가 어리석은 일이죠.”

교수님이 나누어준 프린트엔 생물도감 같은 그림이 그려져 있었다. 남녀 생식기에 대한 그림과 함께 크기나 굵기에 대한 치수가 몇 cm 단위로 표시되어 있었다.

“나누어준 자료는 일반 성인남녀들의 성기에 대한 평균값이에요. 남자성기는 개인마다 길이나 굵기가 다 다르잖아요! 여자도 마찬가지로 질의 깊이나 넓이가 다 다릅니다. 남성의 음경길이는 대략 11cm예요. 질의 깊이는 10cm 정도인데 성교 시에는 12~15cm로 늘어나지요. 어때요, 신기하게도 길이가 딱 맞지요?"

독특한 제스처와 함께 진행된 강의내용에는 듣는 사람 낯 뜨겁게 하는 것이 있었다.

"흥분하면 여성의 질은 부드럽고 촉촉해지는 것에 비해 남성의 음경은 늘어나고 커지며 딱딱해지죠. 만약 남성의 음경길이가 여성의 질의 길이보다 긴 경우에는 귀두가 자궁경부에까지 닿게 됩니다. 자궁경부는 자궁건강에 직접적인 연관이 있기 때문에 직접적인 접촉이 있어서는 안 되어요. 실제로 성교 중에 자궁경부를 자극받은 여성들은 아랫배에 지속적인 통증을 느끼며 자궁내막증 같은 질병을 앓게 될 수 있습니다."

이지야 교수의 목소리에는 세상에서 가장 멋진 곳으로 오라며 전단지를 배포하는 여행사직원 같은 소곤거림, 그렇지만 여행 시에 주의하지 않으면 안 될 사항을 경고하는 엄중함이 함께 배어 있었다.

"강의 내용과는 별개로 자신의 물건에 콤플렉스를 느끼는 남성들을 위해 한마디 덧붙일게요. G-스폿이라 하는 여성의 성감대는 보통 질 입구에서 3~6cm에 있습니다. 상대 여성을 기쁘게 해주고 싶다면 깊숙이 넣는 것이 아닌, 질의 중간을 반복적으로 부드럽게 자극해주는 것이 바람직합니다."

나는 빈자리가 듬성한 강의실을 내려다보며 만약 첫 강의가 지금과 같았다면 어떨까! 싶은 생각을 했다.

"유두의 자극만을 통해서도 오르가슴을 느낄 수 있는 여성들이 있어요. 그러나 유두는 매우 예민하기 때문에 깨물거나 강하게 자극하면 헐거나 염증이 생기기 쉬워요. 프로락틴이라는 호르몬이 분비되어 마치 모유가 나오는 것 같은 젖흐름증(galactorrhea)이 일어날 수 있고, 2차 감염으로 인해 월경주기가 불안정해지는 원인이 됩니다."

그 말을 들으니 함몰되어 있는 유두 그림이 훨씬 안정적으로 느껴진다.

"음핵(Clitoris)은 여성의 가장 대표적인 성감대예요. 성교 시에 음핵을 자극받지 못한 여성이 오르가슴에 도달할 확률은 4분의 1에 불과하다는 보고서가 있지요. 혹시 브라질리언 왁싱을 해본 학생 있나요?"

몇몇이 인체의 모든 털을 완벽하게 밀어버리는 브라질리언 왁싱이 뭔지 몰라 고개를 갸우뚱거렸지만 어쨌거나 다들 결백한 눈초리다. 그때 내 앞에 자리한 그녀가 수줍게 손을 들었다.

"호기심에 한번은 해볼 수 있지만 무감각한 사람이 되기 싫으면 피하세요. 사람은 촉각으로 감정을 느낍니다. 영화나 공연을 보고 감동을 느끼는 것도 시각적 자극을 촉각적 정서로 전환하는 것이죠. 머리털이 쭈뼛 서거나 팔에 소름이 돋는 등, 모든 감각은 촉각으로 귀결됩니다. 촉각은 감각의 총체라 할 수 있어요. 항시 예민할 수 있는 촉각을 안정시키는 역할을 하는 게 바로 '털'이에요."

교수님의 말과는 별개로 갓난아기처럼 순수한 그녀의 몸이 연상되었다.

"남자의 성기에 대한 이야기를 꺼내보죠. 앞서 말했듯이 음경의 길이는 중요하지 않아요. 오히려 필요 이상으로 길면 상대여성에게 위협이 될 수 있죠."

교수님의 다음 말은 믿을 수가 없었다.

"발기한 성기를 본 적 있나요?"

문답식으로 강의가 진행된다면 그녀에게 해줄 말이 참 많을 텐데…….

"발기는 혈액순환과 밀접한 관계가 있어요. 몸의 신진대사가 원활하지 않으면 성욕이 있어도 몸이 따르지 않지요."

급박한 목소리로 누군가 질문을 던졌다. 그의 목소리가 급박했던 건 쑥스럽거나 민감한 주제에 긴장한 탓이었을 것이다.

"교수님, 비아그라 같은 성 보조약품을 사용하는 건 괜찮습니까?"

"괜찮나요? 아직 그런 걸 고민할 때는 아닌 것 같은데!"

예고된 것처럼 여기저기서 웃음소리가 터졌다. 교수님은 말한다.

"정상인의 경우 시상하부(Hypothalamus)에 성욕 신호를 받으면 해면체라는 조직에서 환상 지엠피(Cyclic-GMP)라는 화학물질을 만들어냅니다. 바로 이 지엠피가 동맥은 넓히고 정맥은 좁게 만들어 혈액을 고이게 하고, 음경발기를 가능하게 하는 것이죠. 그런데 지엠피가 계속 분비되면 어떻게 될까요? 과도한 혈액이 몰려 해면체가 손상될 우려가 있을뿐더러, 몸 전체의 밸런스가 망가집니다."

"이걸 적절히 조정하는 게 피데5형(Hhosphodiesterase type 5, PDE5)이란 물질이에요. 지엠피를 분해하며 심지어 성교 중에도 분비되어 해면체를 보호하고 신진대사를 정상으로 되돌리는 역할을 하지요. 대부분의 섹스촉진약물은 지엠피 분비를 촉진하고 피데5형은 차단하는 역할을 합니다. 정상적인 몸의 시스템을 교란하며 서서히 망가트리는 일을 하는 거죠. 마치 풍선과 같은 거예요. 충분히 부풀어 올랐는데 계속 공기를 주입하면 결국 터져버리고 말겠죠."

성 보조약물을 생산하는 제약회사들이 교수님의 말을 들으면 어떤 반응을 보일까? 아무쪼록 무책임한 약물중독을 권하는 것이 아닌 인류건강 증진이라는 대원칙에 충실하시길!

종료시간이 임박해 교수님은 발 빠르게 움직였다.

"자, 프린트에 보면 마지막에 '섹스를 정의하라'라는 말이 나오죠. 지금 자신만의 언어로 섹스를 정의해보세요."

이지야 교수는 내 앞의 여학생에게 일부러 다가가 친근하게 말을 붙였다.

"왁싱은 왜 한 거야?"

나는 본능적으로 떠오르려는 생각을 물리치며 그것의 정의에 대해 고심했다. 마지막 강의내용을 참고하면 '섹스는 건강이다'라는 말이 어울릴 것 같다. 종소리가 울리며 교수님이 마지막으로 덧붙인다.

"지금 섹스에 내린 결론에 대해 왜 그렇게 정의 내렸는지 이유를 붙여 오세요. 짧은 시가 되어도 좋고 긴 음담패설이 되어도 괜찮아요. 주의할 것은 자신만의 언어로 담아 올 것!"

강의가 끝나자마자 어수선해졌다. 갑작스럽게 잡힌 특강계획인 만큼 다목적실을 임시로 쓰기 때문에 다음 강의나 발표회를 위한 준비로 소품을 실어 나르는 사람들이 우르르 몰려들기 때문이다.

어수선한 틈을 타고 내 앞에 자리했던 그녀가 말을 걸었다.

"혹시 제가 놓친 강의내용이 있었을까요?"

"아 …… 아니요."

그녀에게서 풍기는 분위기에 압도되었다. 신조어를 즐겨 쓰지 않는 편이지만 그녀를 지칭하기 위해 '베이글녀'라는 말이 급조되었구나!라는 생각이 들었다.

"뭔가 중요한 이야기가 오간 것 같던데요."

"제가 마지막이라 생각하고 들이댔거든요."

"어머, 이 재미있는 강의를 왜요?"

"재 …… 재미는 있죠. 주제가 주제이니만큼……."

이상하게도 말을 더듬게 된다. 다음 프로그램 진행을 위해 기자재를 나르는 일꾼들이 우릴 흘겨보았다.

"자리를 비워줘야 할 것 같네요."

우리는 강의실을 빠져나와 배롱나무 줄기가 차양처럼 드리워진 관목입구로 걸음을 옮겼다. 강의실 건물로 들어서면 으레 정해진 길이라 새로울 건 없었지만 유독 배롱나무 꽃봉오리가 눈에 띈다.

"교수님이 감각은 초능력이라고 했잖아요. 그게 영 못 미더워서요."

"그래서요?"

"네?"

잠시 눈이 마주쳤다. 생각을 정리하기도 전에 다소 냉정한 목소리로 그녀가 되묻는다.

"어느 쪽으로 가세요?"

관목입구엔 세 갈래의 길이 있다. 대학건물 본관으로 통하는 길과 이과대학 별관으로 가는 길, 그리고 중앙에 수많은 관목이 우거진 잔디밭으로 통하는 길. 우리는 학생식당에서 끼니를 해결하기도 하지만 매점에서 김밥이나 샌드위치 같은 간식을 사서 잔디밭에서 간단하게 요기를 해결하기도 한다.

"이 …… 이쪽으로."

"전 저쪽으로 가요. 다음에 볼 수 있을지 모르겠지만 안녕!"

그녀는 이과대학 방향으로 막 걸음을 떼려는 참이었다.

"저……, 이름이라도?"

"미안해요. 알려주기가……."

"첫 만남에 이름 묻는 건 실례일 수 있죠."

까다로운 스타일인가! 그녀가 지각하는 이유가 짐작되었지만 일부러,

"강의에 늦는 이유 물어봐도 돼요?"

"미안해요. 정말 답할 여유가 안 돼서……."

그녀는 짧은 인사와 함께 부리나케 사라졌다. 이과대학 부속 건물은 도심을 가로질러 있다. 학교가 커지면서 관목 숲을 떼어 대학 부지로 삼자는 의견이 있었지만 총장님은 이사회 반대를 무릅쓰고 도심 너머에 있는 공장부지에 이과건물 별관을 마련했다. 건물을 새로 지을 것도 없이 폐공장을 그대로 활용하기도 했다. 덕분에 언론에서도 우수 사례로 칭찬받는 친환경 단과대학이 들어섰지만, 문과 성향의 교양수업을 받으러 오는 이과학생들은 먼 길을 돌아와야 하는 수고로움을 떠안을 수밖에 없었다.

나는 애초에 가리켰던 방향이 아닌 관목 숲 쪽으로 걸음을 옮겼다. 잔디밭에 앉아 이지야 교수가 나누어준 프린트를 꺼내 든다.

1. 섹스에 대한 정의: * 주의할 것은 자신만의 언어로 담을 것!

사랑은 섹스처럼

멈추면 안 돼.

거칠게 부탁해도 정작 거칠어져선 안 되지!

섹스는 사랑처럼……

아주 가끔이지만 나는 주기적으로 목을 조른다. 나의 삶을 통계로 정의할 수 있다면 좌절이다. 시작은 바람이었지만 마치 정해진 종착역처럼 한결같게 절망으로 귀결된다. 좌절 못지않게 무던히도 미련을 남겼다.

어릴 적 이상한 아이가 있었다. 다들 그 아이를 피하기도 했지만 나 또한 그에게서 풍기는 음침한 기운이 싫어 외면했다. 어느 날 폐허가 된 공장 빈터에 그 아이 혼자 있었다. 내키지 않지만 다가가 말을 걸었다.

'넌 누구야?'

'승모!'

우린 쉽게 친구가 되었다. 할머니와 단둘이 사는 그의 처지가 나와 비슷해 왠지 깊은 동질감이 느껴진다. 수상했던 첫인상은 사라지고 그는 더없이 다정하고 듬직한 동무가 되었다.

우린 남들 눈을 피해 철길에서 만났다. 혼자이지만 둘이 가는 길, 끝없이 뻗어나간 평행선을 보며 승모는 말했다.

'넌 둘도 없는 친구야.'

다른 아이들과 섞이지 못하는 그가 안타까웠지만 내 편에서 할 수 있는 게 없었다. 다들 흉악한 승냥이 보듯 그를 대했다. 무리 중에 내가 그에게 아는 체라도 할라치면 어떤 녀석이 다가와 말한다.

'재 조심해라!'

마뜩잖았지만 무엇을 알고 있는 듯한 녀석의 진지한 눈빛에 되묻지도 못했다. 우린 동네아이들의 눈을 피해 따로 만났다.

'빠아앙~'

승모와 기찻길에서 놀던 어느 날, 열차가 지나간 철로 자갈더미 틈에서 반짝이는 게 보였다. 파헤치니 유리조각이다. 유리조각엔 예쁜 문양이 새겨져 있었는데 녀석이 다짜고짜 품에 넣는다. 보여 달라! 하는 순간, 믿기지 않는 일이 벌어졌다.

놈이 유리조각으로 내 팔을 찌른 것이다. 그러더니 태연한 척 뒤돌아선다. 피가 실금처럼 났는데 밑도 끝도 없는 녀석의 행동에 화가 머리끝까지 치솟았다.

'야!'

따져 묻기도 전에 놈이 이번에는 목을 긋는다. 녀석이 든 날카로운 유리조각에 피가 흥건하다. 눈을 흉흉하게 치켜뜨며 놈이 말했다.

'뭔데 달려들어?'

나는 목을 감싸 쥐고 자갈밭에 주저앉아 붉은 석양이 지는 걸 보았다. 끝이 보이지 않는 선로를 망연히 바라보고 있을 때에, 공포를 전하려는 듯 먼 곳에서 열차의 고동소리가 들리고, 이성은 철길에서 벗어나야 한다고 경고하지만 그저 이대로 있고 싶다.

혹시 열차가 다가온대도 급박한 순간, 아슬아슬하게나마 피해야 지금의 절망감에 조금은 어울리는 마침표를 찍을 수 있을 것 같다. 그런 생각 때문이었을까, 열차가 점점 가속을 붙이며 다가오는 게 느껴지며 몸에 마비가 찾아온다. 팔은 움직이는데 발이 떨어지지 않았다.

'빠앙 빠아앙!'

열차가 요란한 경적소리를 뿜어냈다. 다시 한 번,

'빠아앙!'

그때 나는 보았다. 핏빛으로 물든 저녁놀, 이상하게도 온화한 바람, 그리고 예기치 못하게 회음부가 움찔 떨리며 단전까지 파고드는 짜릿한 쾌감! 그때의 오르가슴은 말로 다 표현할 수 없다.

유일하게 그 황홀경 비슷한 것을 느낀 적이 있었는데, 목이 졸릴 때였다. 과격한 놀이에 열중하는 학급아이들이 지나가는 날 갑자기 넘어트렸다. 레슬링 시범을 보인다며 다짜고짜 셋이 달려들어 몸을 누르고 하나가 목을 조이는데, 벗어나려 발버둥 칠수록 녀석들이 짓누르는 힘도 점점 강해진다.

'그만! 나 죽는단 말이야…….'

급기야 숨을 쉴 수가 없다. 참을 수 없는 상황만큼이나 어처구니없는 건 파릇하게 양다리가 떨리며 회음부가 움찔 떨린다. 전율에 지져지는 것처럼 아랫도리에 쾌감이 별무리처럼 쏟아진다.

마침 수업 시작종이 울리고 아이들이 떨어져 나갈 때, 나는 누군가 목을 여전히 조른 채, 가능하다면 항문을 지그시 찔러주길 바랐다.

'얘, 뭐 하니?'

프랑스어를 가르치는 여자선생님이 날 보며 물었다. 나는 바닥에 누워 스스로 목을 조르고 있었으며 교복바지는 이미 젖어 있었다.

'빠아앙!'

다시금 폭주했던 그 과거, 열차는 빠른 바람을 일으키며 다가오고, 마비가 된 다리를 가까스로 틀어 상체를 뻗어 팔의 힘으로 굴렀다. 바늘처럼 몸을 찌르던 수많은 자갈, 마치 정신을 날려버릴 것처럼 광풍으로 머리를 강타하며 지나가는 열차, 그리고 몸을 반쯤 내밀어 욕을 퍼붓던 기관사.

어느 누군가 정교하게 짜 맞춘 각본에 놀아나는 것 같다. 마치 장기판의 돌들에게는 죽고 죽이는 이보다 긴박한 전쟁의 순간이 따로 없는데, 장기 두는 사람은 태연하게 돌을 두는 것과 같은 풍경…….

'빠아앙!'

폭주하던 열차의 뒷모습처럼 그 후로 녀석을 볼 수 없었다. 나는 아직도 후회한다. 팔 찔린 것으로 충분하니 목을 긁히기 전에 그만두거나, 혹은 끝끝내 따라붙어 어찌 된 영문인지 따져 묻거나…….

지금도 나는 나의 목을 조르고 싶다. 죽지 않을 만큼만 목 졸라주는 기계가 있으면 좋겠다.

강의 3

세 번째 특강, 이과대 그녀는 역시나 늦고 있다.

"여성학이나 페미니스트들은 생물학을 싫어합니다. 왜냐하면 생물학이란 학문 자체가 남성의 우월성을 주장하며 나아가 남성의 지배를 뒷받침한다고 여기기 때문입니다. 여성학이 생물학을 배제한 덕에 많은 사람들이 페미니즘을 절름발이 이론으로 생각하고 있어요. 그렇지만 인간을 이해하는 데 있어 생물학적 근거를 간과한다는 것은 기초설계 없이 집을 짓는 것과 같다고 할 수 있습니다."

교수님의 목소리엔 지난날 즐겁고 신나는 일들을 이야기했으니, 이제는 심각한·주제에 대해 고민해보자는 저의가 깔려 있었다.

"기초 없이 집을 짓는 비유를 들었는데 과연 생물학의 기초는 무엇일까요? 자, 여기 세라 허디라는 생물학자는 이렇게 말합니다."

'섹스는 단순히 생리적인 관계만을 뜻하는 것은 아니다. 섹스에는 사랑이나 구애활동도 포함된다. 섹스는 합일이기에 예술의 모태가 되고, 결혼이나 가족과 같은 숭고한 제동의 핵심이 되기도 하고, 주문이나 주술, 곧 음악이나 문학작품을 만들어 내기도 한다. 이처럼 섹스는 실제로 문화의 거의 모든 면을 지배하고 있다.'[1]

강의실 문이 열리며 이름 모를 브라질리언 왁싱녀가 들어왔다. 모든 생물을 존속 가능하게 하고 문화의 모든 면을 지배하고 있는 섹스, 나는 앞자리에 걸어놓은 가방을 재빨리 치웠다.

"생물학은 어느 성이 우월하다고 한 적이 결코 없어요. 단지 어떤 생물이 자신의 성(性)과 유전적 정보에 따라 가장 합리적이고 효율적인 생존방식을 찾아내 환경에 적응해 나가는 것뿐이죠. 만약 어느 성이 우월하냐의 관점으로 따지면 인간의 일부일처제만큼 불합리한 것은 없지요. 동물 세계에서 대부분의 수컷은 자신의 유전자를 널리 퍼뜨리는 것을 목표로 삼습니다. 암컷 역시 건강한 새끼를 낳기 위해 최상의 수컷을 고르는 데 전념하

1 세라 블래퍼 허디 저, 유병선 역, 『여성은 진화하지 않았다』, 2006. 서해문집, p. 281

는 법입니다. 자연에선 바다사자 수컷 한 마리가 400마리의 암컷을 독차지하는 일도 일어나는 법이죠."

교수님은 강의실을 자유롭게 활보하며 말했다.

"말 나온 김에 결혼의 역사가 불과 130년 정도라는 사실을 알고 있나요? 영국의 빅토리아 여왕(Queen Victoria, 1819-1901)에 의해 결혼제가 정립되었는데, 이전의 시기엔 남녀 간의 관계가 극히 문란했던 것으로 알려져 있지요. 얼마나 문란했던지 자유로운 성생활은 사회문제로까지 부각됩니다. 창녀가 넘쳐나고 성병이 만연했으며 자연히 위생문제가 떠올랐지요."

몇 만 년 인류역사에 결혼제가 들어선 놀랍도록 짧은 기간에 귀가 솔깃하다.

"유부녀도 이성을 유혹하는 데 거리낌이 없었어요. 낯선 손님이라도 맞이하면 남편이 옆에 있어도 가슴골을 드러내며 이성을 유혹했지요. 당시 여성의 상의는 언제든 가슴부위를 내리거나 올릴 수 있게 디자인되어 있었어요."

교수님은 스크린에 그림 하나를 띄웠다. 식탁에 젊고 잘생긴 손님이 앉아 있고 남편이 곁에 있는데도 풍만한 젖가슴을 아슬아슬하게 드러낸 채 젊은 남자를 유혹하는 유부녀의 모습이 담긴 그림이다.

"친부가 누군지 알 수 없는 일이 빈번했고, 사생아로 태어난 아이들은 불우한 유년기를 보내야 했지요. 이를 바로잡고자 빅토리아 여왕은 남녀 간의 결속을 사랑으로 규정하며 평생 한 사람에게만 순결을 맹세하게 합니다. 웨딩드레스는 이때 유래한 것이지요. 영국을 해가 지지 않는 나라로 만든 절대군주의 권위를 가지고 있던 여왕이었지만 결혼제도 시행 초기에 많은 혼란과 반발이 있었어요. 국가가 연애마저 규정하려 한다며 많은 지탄과 조롱을 받게 되지요."

사회적 억압을 뚫고 사회변혁 내지 새로운 가치관을 추구하는 삶이 얼마나 힘들고 어려운 것인지, 여왕의 내적 고민과 갈등을 십분 이해한다는 태도로 이지야 교수는 말했다.

"고심 끝에 빅토리아 여왕은 가톨릭 교단을 정책부서처럼 활용하기에 이릅니다. 혹시 가톨릭 신자 있나요? 있어도 손 들지 마세요! 당시 유럽에 자유연애를 조장한 것은 가톨릭 신부들이었어요. 비밀리에 창녀와 교제하고 수녀를 포함하여 애첩만 십수 명 둔 교황도 있었지요. 권위를 되찾고자 가톨릭은 여왕의 제안에 적극 협조합니다. 순결을 강요하고 결혼을 신성한 것으로, 그리고 이혼을 죄악시하는 풍토를 만들죠. 신앙의 힘을 얻은 빅토리아의 결혼제도는 성공적으로 정착하고, 여왕은 가톨릭이 다시 부흥할 수 있게끔 돕습니다. 다른 종교와는 다르게 가톨릭의 현실 참여적인 성격이 짙게 드러난 대목이기도 하지요."

교수님은 새로운 PPT 파일을 선보였다.

"생물학을 연구하는 많은 이들이 진보는 있을 수 있어도 진화란 존재하지 않는다고 합니다. 종이 다른 차원으로 진화해가는 것은 변종, 즉 돌연변이로 가능한 것인데 어느 변종도 생물체의 존속과 보존에 기여한 적이 없어요. 다윈의 진화론은 잘못된 가설이라는 거죠. 그럼에도 학계에서 다윈의 진화론을 정설로 받아들이고 반박하지 않는 이유는, 자체는 오류일 수 있지만 사회에 끼친 영향력과 파급력을 고려하기에 그렇습니다. 여러분들 중에 생물학 전공자가 없지요? 진리처럼 받아들여지는 그의 진화론이 실은 거짓이다!라고 판명되면 시대변혁까지 이룬 그의 이론, 그로 인해 파생한 여태까지의 인류의 결과물들은 보잘것없는 것이 되어버리기 때문에 그렇습니다."

나는 이지야 교수의 태도에서 여태까지와는 다른 무언가를 느꼈다. 보다 저돌적이고 전투적인, 어쩌면 지난밤 성적욕망을 해소하지 못해 괜히 우쭐거리는 태도?

"자, 섹스도 이와 마찬가지예요. 다윈의 진화론처럼 하나만 믿고 가는 거죠. 사실, 다윈의 진화론이 무언지 구체적으로 알지도 못하면서 '진화에 성공한 우월한 종이 살아남아 결국 세상을 지배한다'는 그릇된 관념으로 타인과 세상을 대하고 있어요."

조명이 나가거나 꺼진 건 아닌데 강의실 분위기가 어두워졌다. 누군가 작은 진실을 알린 것이 결과적으로 어두운 강의실 분위기를 밝히는 데 도움이 되었다.

"교수님, 제가 생물학 전공인데요."

"오, 이런! 그렇다면 어물쩍 넘어가선 안 되겠네."

웃음소리가 들리고, 밝아진 분위기에 편승해 교수님은 경쾌한 목소리를 내었다.

"생물학에선 진화론과 동시대에 나왔던 멘델의 유전학을 더 중시하고 있습니다. 다윈이 풀어내지 못한 진화의 유전원인인 '자연선택의 후천형질'도 멘델의 유전법칙에 의해 설명 가능하게 되었지요. 사실 다윈도 알고 있었습니다. 자신이 수행한 실험에서도 불연속적인 변이는 꾸준히 관찰되었죠. 그러나 다윈은 이론의 완벽함을 위해 실험을 선택하고 때론 무시했습니다. 연속선상에 존재하는 변이가 존재하고 유전되어야만 자연이 선택하고 진화한다는 자신의 이론이 성립 가능한 것이 되기에 그런 무리수를 쓴 거죠."

섹스를 위한 강의에 생물학이 과연 어떤 역할을 할 것인가! 나는 다른 어떤 때보다 주의 깊게 경청했다.

"자, 여기서 주목할 것은 생물학의 고전으로 받아들여지고 있는 멘델의 유전학은 당시엔 왜 주목받지 못했을까! 근거 없는 가설과 오류투성이의 다윈 이론이 어찌하여 학계를 지배하고 나아가 사회 전반에 영향을 끼친 것일까?"

이지야 교수는 질문을 던졌지만 어느 누구도 답할 생각을 하지 않았다. 교수님 또한 답을 기대하진 않았을 것이다.

"시대가 다윈의 이론을 필요로 했던 거예요. 전기를 이용해 대량생산이 가능하게 된 시점인 제2차 산업혁명 직전에 발표된 진화론은 경제력을 축적해둔 부강한 나라들의 탐욕을 드러내게 하는 데 결정적인 역할을 합니다. 바로 제국주의 야심을 발현하는 데에 정당성을 부여하죠. 창조론이 무너지고 신의 섭리에서 자유롭게 된 인간은 진화론을 근거로 전쟁부터 일으킵니다. 제1, 2차 세계대전이 그에 따른 부산물입니다. 다윈의 이론은 여성의 참정권을 부정하는 당시 유럽사회를 옹호하는 좋은 구실이 되기도 했지요."

남학생들에게서 작은 소요가 일었다. 불미스러운 일을 사전에 차단하려는 보안요원처럼 교수님은 재빨리 말을 맺는다.

"자, 결론은! 우리들의 삶에도 다윈과 같은 제국주의 이론이 있을 수 있다는 말이에요."

교수님은 단상으로 돌아가 칠판을 내렸다. 그러고는 구시대의 유물이 되어버린 백묵을 들어 칠판에다 또박또박 적어나갔다.

'섹스의 부재는 존재의 상실로 이어진다.'

그 말이 궁금하여 고개를 갸웃거릴 때,

"아마도 여러분들은 이 말에 동의하지 않을 거예요. 게임 중독이나 무언가에 빠진 현대인들 어느 누구도 거들떠보지 않으려 하겠죠. 그러나 인간존재를 이해하려면 섹스가 인간에게 끼치는 영향을 알아야 해요. 문명이 발전할수록 섹스를 대체해낼 만한 즐거움이 많이 양산되었지만 어떤 것도 섹스를 대체할 순 없습니다. 섹스를 채우지 못한 인간은 결국 집이 어디 있는지 모른 채 겉돌 뿐이에요. 응, 왜?"

누군가 손을 들었다. 꽤나 작심한 듯 그의 얼굴엔 비장한 기운마저 흘렀다.

"교수님, 질문이라고 하기엔 좀 그런데요."

"응, 말해 봐요."

"지난밤 여친한테 잠자리에서 까였는데요, 제가 입만 열면 깬다고 저리 가래요. 어찌하면 좋을까요?"

기묘했다. 강의의 주제에 부합하지 않는, 흐름마저 깨트리는 엉뚱하고도 무모한 질문에 웃음이 터져 나와야 정상인데 질문자의 진지한 말투 때문인지, 혹은 내가 느꼈던 공감대가 무리 중에 형성되었는지 아무도 웃지 않았다.

"메타-커뮤니케이션하는 법을 알아야 해요."

교수님은 싱긋 웃으며, 메타-커뮤니케이션에 대한 설명을 이어나갔다.

"때로 말보다 행동에서 그 사람의 진의를 파악할 수 있어요. 얼굴표정, 손동작, 눈을 마주 보거나 회피하는 시각적 행위, 악수, 포옹, 신체접촉. 그리고 대화 중에 나타나는 침묵, 이 모든 것으로 말하는 사람의 의도와 욕구를 알아들을 수 있어야 하죠."

모두 다 그것이 어렵다고 고개를 끄덕일 때 교수님은 한발 더 나아가는 쪽을 택했다.

"성교 직전에 남자는 흥분상태에서 어떤 것도 떠올릴 수 없어요. 빨리 그녀와 앙상블을 이루고 싶은 마음뿐이죠. 그래서 전희마저 건너뛰고 삽입부터 하고 싶어 안달이 납니다. 성인영화를 보면 흥분한 여자들이 어서 해달라고 애원하는 장면이 나오는데 남자들의 착각은 깊어질 수밖에 없어요. 여자는 연인과의 교감과 정서적 안정을 우선시합니다."

이지야 교수는 질문을 했던 학생이 아니라 나를 힐끔 쳐다보았다.

"욕망으로 표현되는 언어를 다스리고 마음을 읽어내는 것! 그 사람의 결핍을 알고 채워지길 바라며, 숨은 의도는 물론, 기저에 자리 잡은 바람을 알아들을 필요가 있어요. 그런 의미에서 섹스란 진정한 앙상블, 어쩌면 메타-커뮤니케이션을 이해하기 위한 과정일지도 모르죠."

이지야 교수는 질문한 학생에게 칭찬의 말을 잊지 않았다.

“훌륭한 질문이었어요.”

‘나도 칭찬받고 싶다’는 치기 어린 욕구가 떠다니는 부표처럼 가물거린다. 교수님의 매력적인 윙크를 받아낼 만한 질문이 뭐가 있을까!

“교수님, 저도 질문 있는데요?”

“시간이 촉박한데! 다음에 하면 안 될까?”

“아, 네에…….”

이지야 교수는 강의시간을 체크하며 잠깐 망설인 끝에,

“그렇다고 진리를 향한 탐구의 싹을 꺾을 순 없지. 미안, 질문해 봐요.”

“괘 …… 괜찮습니다. 다음에 하겠습니다.”

“괜찮다니까, 질문해요.”

“아닙니다. 다 …… 다음에…….”

“거 괜찮다니까 그러네!”

교수님은 옆구리에 주먹을 끼고 바이킹 전사가 상대를 위협할 때의 자세를 취했는데 어떤 위엄과 부드러운 기품이 넘쳐난다. 청중에게 묻어나는 웃음소리와는 별개로 자신감 없는 나의 태도도, 맥없는 우유부단함도 그녀의 부드러운 카리스마에 녹아들어 안온한 감정이 스민다.

‘딩동댕!’

여명의 종소리가 울리며, 짧은 땅거미 같은 시간이 물러났다.

"오, 망설이다 아무것도 못했네. 주목! 리포트 과제를 말하겠어요. 다음 시간에는 나의 심장과 성기를 내어준 제국주의 이론이 발현된 사회현상과 자신의 삶에 침투한 독소를 찾아오는 거예요."

어느 누가 볼멘소리를 냈다.

"교수님, 감이 잡히지 않는데 한 가지 예를 들어주시면 안 될까요?"

이지야 교수는 여유로움을 잃지 않으며,

"그러한 고민마저 도움이 돼요. 포기하지 말고 실마리를 찾아보도록!"

강의가 끝나자마자 역시나 다목적회의실은 북적였다. 내 앞의 그녀가 머뭇대는 게 눈에 들어온다. 그때 뒤에서 누군가 어깨를 쳤다. 돌아보니 도남이다. 녀석은 교수님의 뒷모습을 힐끔 쳐다보며 들릴 것처럼 말했다.

"야, 이거 뭐냐? 섹스중독자가 되라는 모임이냐?"

"네가 처음부터 듣지 못해 그래."

도남은 고개를 삐딱대며 내 앞의 그녀를 곁눈질로 살폈는데 그의 시선이 몹시도 거슬리는 건, 나는 몸으로 녀석의 시야를 방해했다.

"됐고, 오후강의 드롭(수강 철회, 혹은 땡땡이)하지 마라."

"그건 힘들겠는데……."

녀석은 누군가를 돌아봤다. 새로 사귄 여자 친구인 듯, 녀석이 새끼손가락을 보이며 은밀하게 귓속말을 전한다.

"오늘 밤 잘 되면 네 덕이다."

녀석은 시시덕거리며 여자 친구와 함께 강의실을 빠져나갔다. 그새 내 앞자리에 자리했던 그녀는 사라지고 없다.

리포트(Report)

* 제국주의 이론이 발현된 사회현상?

올림픽(Olympic): 스포츠 엘리트주의를 양산하며 일반인들이 생활체육에 접근할 기회를 박탈하고 있다. 운동선수 본인들도 혹독한 훈련에 혹사당한 후유증에 시달린다. '보다 빠르게, 보다 높게, 보다 강하게'라는 경쟁적 모토는 교육에까지 영향력을 행사, 마치 보편적 미덕인 것처럼 사회전반에 경쟁이 만연해 있다.

* 나의 심장과 성기를 빼앗은 독소

사랑일까, 포르노일까!

사랑은 너무 멀리 있고, 포르노는 클릭만으로 열린다.

강의 4

시간은 30분을 훌쩍 넘어서고 있다. 교수님은 특정 종교를 대표하는 학생들과 소모적인 공방전을 펼쳤다. 강의내용에 불만을 품은 몇몇 학생들이 종교와 윤리에 대한 질타성 발언을 한 것이 계기가 되었다.

누그러뜨리려 했을 의도가 분명했겠지만 교수님의 우스갯소리가 분위기를 더욱 험악하게 만들었다.

"십자군 전쟁 때는 남성들이 아내에게 정조대를 채우고 전쟁에 나갔다고 하죠. 그러면 아내들은 사랑을 할 수 없었을까? 당시엔 대장장이가 최고의 직업이었다고 합니다. 그들은 정조대를 만들었고 당연히 푸는 방법도 알았죠."

"종교가 성적 타락을 조장했다고 주장하시는 겁니까?"

신의 이름으로 전쟁을 정당화했던 역사적 사건임이 분명한데도 교수님께 불만을 품은 이들은 쉽게 물러나지 않았다. 참다 못해 교수님이 소리쳤다.

“그만! 추가질문 사항 있으면 학교 게시판을 이용할 것.”

그때, 이름 모를 그녀가 들어섰다. 나는 앞자리에 걸어놓은 가방을 재빨리 치웠다. 가쁜 숨을 쉬는 브라질리언에게 여유를 주려는 것처럼 교수님은 아주 천천히 PPT를 띄웠다.

“인간은 보통 100조 개의 세포를 가지고 있고 세포 하나하나마다 33억 개의 염기쌍으로 이루어진 DNA유전자가 새겨져 있습니다. 그중에 ‘모험가의 DNA(DRD4-7R)’라고 하는 도파민 수용체 유전자는 인간행동마저 결정짓는 역할을 합니다. 외부정보에 반응하는 뇌의 전대상회(Anterior cingulate cortex)부위를 발달시켜 뭔가 새로운 일을 접하면 도파민을 분비하라는 명령을 내립니다.”

이지야 교수는 항로를 개척하려는 일등항해사와 같은 말투로,

"인류 중에 20%만이 이 유전자를 가지고 있는 것으로 확인되며, 이들의 특징은 변화를 두려워하지 않고 호기심이 많으며 정치적으론 진보주의 성향을 띠는 것으로 확인됩니다. 또한 모험가의 유전자와 정반대인 유전자도 있습니다. 이들 유전자는 두려움과 공포의 감정을 담당하는 뇌의 편도체(Amygdala)를 두껍고 민감하게 만들어 안정적인 상태를 우선시하고, 감정적이며 보수주의 입장을 취하게 하는 것으로 알려져 있어요."

교수님은 DNA나선 구조에서 몇몇 염기서열을 가리켰다.

"인간의 체형이나 신장, 비만 정도뿐만 아니라 개인의 성격이나 취향마저도 DNA에 새겨져 있어요. 비만을 결정하는 호르몬(OLFM4, NEGR1), 신경분화에 관여하고 염증을 일으키는 'LRFN5', 시상하부나 뇌하수체에 과부하를 주는 'RBFOX1', 육식을 좋아하는 DNA도 있고, 반대로 채식을 권장하는 유전자도 있지요."

교수님은 내 얼굴을 확인하며 생각난 듯 말했다.

"우유부단한 성격이라면 본인 탓이 아닐 수 있어요. 망설임의 유전자도 따로 정해져 있지 않을까요?"

영화관에서 배경음악이 지나가고 배우의 말소리가 들릴 때 다시금 이야기에 집중할 수 있는 것처럼 그분의 육성이 들려올 때,

내 청각은 비로소 제 역할을 담당했다.

"이들 DNA유전자는 강아지를 조련하듯 우리 몸을 장악합니다. DNA의 명령에 순순히 복종하면 우리 몸은 도파민이라는 쾌감 호르몬을 보상으로 받지요. 도파민을 얻기 위해서라도 우리는 DNA의 명령에 충실한 기계체로 변해갑니다. 개인의 신체와 식성, 감정과 성격뿐만 아니라 정치적 성향까지 DNA유전자가 결정한다는 말이죠. 이뿐만이 아니에요. DNA는 인간의 기억에까지 관여합니다."

갈증을 느꼈는지 교수님은 목을 축였다.

"몸이 기억한다고 하잖아요? 인간의 뇌는 세포에 의해 움직이고 세포는 단백질의 전이(Coding)에 의해 활성화됩니다. 단백질을 전이하는 것이 바로 DNA이기 때문에 DNA유전자는 인간의 뇌와 기억마저 통제한다고 할 수 있어요. 여러 기억 중에 DNA가 선호하는 기억만 단백질 전이를 시키는 것이죠. 이쯤 되면 우린 DNA의 명령에 따라 움직이는 생체로봇이라 할 수 있습니다."

강의 내용과는 별개로 분위기는 사뭇 긴장되고 적대적인 기운마저 느껴진다. 교수님에게 문제를 제기한 학생무리들은 여전히 불만에 찬 얼굴표정이다. 도움을 요청하려는 것처럼 이지야 교수는 내 얼굴을 물끄러미 바라보았다.

"오늘은 질문 없어요?"

"한 가지 있는데요……."

"그럼 어서 말해."

"살인자 유전자에 대한 기사를 읽은 적이 있는데요. 이런 유전자를 타고났기에 사이코패스나 연쇄살인범들이 생겨나는 거라고……."

"음! 전사 유전자(Warrior Gene: MAOA)를 말하려는 거군. 아주 좋은 질문이에요."

이지야 교수는 윙크 선물을 보냈는데 심장에 부드러운 저주파 마사지가 느껴지는 건,

"우리에겐 낯설지만 배심원 판결제도가 있는 미국엔 이런 일이 있었지요. 한 살인자가 폭력 유전자로 알려진 모노아민 산화효소(A-MAOA)를 타고났다는 이유로 형량이 단축된 적이 있어요. 부모와 여동생을 살해한 이탈리아 여성도 저활성 MAOA DNA, 즉 폭력 유전자를 타고났다는 이유로 무기징역에서 20년형으로 감축된 일이 있었지요."

이지야 교수는 이에 관한 PPT 자료를 찾지 못했는지 난감해하는 표정으로 말을 계속했다.

"범죄의 원인은 폭력 유전자 때문일까? 미국의 변호사들은 법원에서 유전적 증거를 계속해서 사용하고 있어요. 피의자 신

분이 아니라 선천적 결함을 가지고 태어난 환자라는 주장이지요. 소위 '전사의 유전자'를 타고난 이들, 폭력적 행동을 유발하며 끔찍한 범죄를 부추기는 유전자를 타고난 이들을 어떤 식으로 대해야 할까? 알려지지 않았지만 '음란의 유전자(Naughty-girl Gene)'라고 하는 DNA도 있어요. 성적문란은 물론 심할 경우엔 성적학대를 부추기죠."

나만 그럴까! 전사 유전자를 지닌 이들과는 상종하기 싫지만 음란 유전자를 타고난 여성이라면 꼭 한번 만나보고 싶다.

"나쁜 유전자(Bad genetics) 주장을 기반으로 피고에게 동정심을 갖거나 형벌을 가볍게 내리지 말라고 주장하는 그룹이 있는 반면, 유전적 증거가 피고의 상황을 더욱 악화시키니 어쩔 수 없다는 양측의 대립이 팽팽합니다. 자, 우린 둘의 이견 사이에 어떤 조절을 할 수 있을까요?"

"교수님의 생각은 어떠신지요?"

"글쎄, 분명 유전자의 영향력을 간과할 수 없지. 피가 당기면 고기를 먹을 수밖에 없지 않겠어? 그렇다고 인간성과 양심을 외면한 채 살아간다는 건 무척이나 야만스런 일이야."

교수님은 기다란 속눈썹을 내리깔며 말했다.

"난 여러분들에게 물었지만 유감스럽게도 결론 맺자면 먼저 사회가 나서서 그들을 적극적으로 도와야 한다는 거예요. 그들이 도움을 청했는데도 외면하거나 방치했다면 같은 공동체, 이웃으로서의 책임을 다하지 못한 거야. 그대가 방관한 그 책임 때문에 이웃은 물론 나의 자녀가 살해당하거나 강간당할 수 있다는 걸!"

교수님은 강의에 열성적인 여드름 많은 남학생의 얼굴을 물끄러미 바라보다 대뜸 묻는다.

"인간의 욕망이 왜 끝없는지 알아요?"

우리는 잠잠히 교수님의 다음 말을 기다렸다.

"상호작용이에요. 인간은 하나의 성취에 만족하지 않고 끝을 봐야 성이 차는 불만족의 DNA를 타고났지요. 낱말을 조합하여 의미를 전달하는 문장이 되는 것처럼 DNA는 각기 다른 조합으로 여러 가지 행동양식을 나타내게 됩니다."

어떤 DNA의 조합으로 나란 존재를 형성하고 있을까! 지금의 나란 존재가 DNA를 재조합하여 '나다운 나'로 결정할 수 있지는 않을까?

잠깐 생각을 달리하는 동안, 이지야 교수는 다른 맥락의 말을 꺼내 들었다.

"유전자는 필연적으로 쾌락을 좇습니다. 쾌락의 도파민을 좇는 DNA가 불만족의 유전자와 상호작용하면 인간은 끝을 알 수 없는 욕망에 신음할 수밖에 없어요. 우리는 의도적으로 만족의

DNA를 몸에 이식할 필요가 있습니다. 바로 세로토닌이라고 하는……."

중요하다 못해 뭔가 중대한 말이 나올 것 같은 시점에 누군가 잘 돌아가는 영사기 필름에 가위를 들이댄 것처럼 끼어든다.

"교수님, 종교가 그런 문제들을 해결할 수 있지 않을까요?"

공격언사를 일삼던 특정학생들 중 누군가 누그러진 목소리로 묻긴 했지만 그 질문은 무례할뿐더러 터무니없을 만큼 뜬금없게 느껴졌다.

"종교가? 미쳤어?"

말 끊긴 게 분했는지, 혹은 종교적 의식을 통해 감정적 안정을 얻으려는 이들을 자극하려는 목적이었는지 교수님은 거칠게 답했다.

"신의 이름으로 자행된 전쟁과 학살, 암흑시대라고 하는 중세를 봐! 인간에 대한 기본적인 이해, 세상에 대한 최소한의 성찰도 없이 오직 신의 교리와 계시를 따르라며 잘못된 관념을 심어주고 있잖아."

"교수님! 말씀이 지나치십니다."

몇몇 학생들이 집단으로 반발했다. 소모적인 논쟁이 이어지며 내 귀엔 그들의 말이 잘 들리지 않는다. 다만 전투적인 교수님의 태도에서 지난밤 꾸었던 꿈의 내용이 떠오른다.

황홀하게 타들어 가던 불나방의 날개, 여교수의 압도적인 힘에 눌려 더없이 평온했던, 그리고 이지야 교수는 정조대처럼 보이는 단단한 가터벨트를 여는 열쇠를 눈앞에서 흔들고 있다.

'딩동댕!'

상상을 방해하려는 것처럼 종이 울리며, 몇몇 학생들의 얼굴이 낮술을 마신 것처럼 벌겋다. 내 앞에 자리한 그녀가 무언가를 건넸다.

"여기 떨어져 있었어요."

떠오르는 생각을 적는 수첩, 가방 열린 틈으로 흘린 모양이다.

"잠깐 읽었는데 꽤나 흥미롭네요. '삶은 바라지 않을수록 기쁨을 주나니.'"

"고 …… 고맙습니다."

때로 말더듬은 어쩔 수 없는 상황에서 요긴하게 쓰일 수 있는 대화기술이지 않을까!

"직접 썼나요?"

"그때그때 떠오르는 생각을 적는 습관이 있어서……."

"좋은데요? 보이기에 살짝 읽었는데 푸시킨의 작품인 줄 알았어요."

"과찬입니다. 근데 자리를 비워줘야 할 것 같아요."

우린 기자재를 옮기는 일꾼들의 따가운 눈초리를 피해 강의실을 나왔다. 복도 끝에 배롱나무 꽃봉오리가 살포시 몸을 흔들었다.

"오늘은 급하지 않은가 봐요?"

"네, 조금은 여유롭게 살기로 했어요."

"그럼 이름 알려줄 시간 있나요?"

"이름이 좀 특이해서……."

"그건 들어본 다음에 판단하기로 하죠."

그녀는 조심스럽게 이름을 밝혔다.

"후비예요."

"후비! 왕의 아내?"

수줍게 웃는 그녀의 모습이 인상적이다. 가지런한 치아, 아기처럼 깨끗한 피부, 웃을 때 콧대와 뺨 사이에 옅은 주름이 졌는데, 미소 지을 때는 얼굴 전체가 아주 잠깐 핑크빛을 발하는 것 같다.

"저도 이름 특이한데 …… 성후예요. 기성후!"

"좋은 이름인데 왜요?"

"보통은 '이룰 성'이나 '될 성' 자를 쓰는데, 가운데 '성' 자가 바로 '그' 한자를 쓴답니다."

그녀는 이른 봄날 떨어지는 낙엽이라도 본 것처럼 웃음을 터트렸다.

"많이 이상하죠?"

"아니요, 갑자기 '가운데'라고 해서……."

이름에 성(性) 자도 야릇한데 '가운데 성'이라 했으니, 나는 어색한 웃음기를 물리치며 대화를 이어나갔다.

"간식거리 사서 잔디밭에 갈까요?"

"음……."

답을 기다리는 그 짧은 순간이 무척이나 길게 느껴졌다.

"좋아요. 사실은 먼저 청하려 했어요."

우린 매점에서 진한 커피와 도시락 두 개를 들었다. 이렇듯 자연스럽게 이성과 접촉하고 있다는 사실이 스스로에게도 믿기지 않는다. 그것을 확인시켜줄 요량인지 나뭇잎 사이로 비치는 햇살이 비현실적인 풍광을 연출해 냈다.

"저 오기 전에 교수님이 무슨 말씀하셨어요?"

"별말씀 못 했어요. 논쟁적인 학생들이 딴지를 걸어오는 바람에……."

"전 시간에는요?"

"불행하게도 '섹스는 실제로 문화의 모든 면을 지배하고 있다'라고 하셨죠."

"호호, 왜요?"

그녀의 얼굴이 다시 한 번 핑크빛을 발하였다.

"문화의 모든 면을 지배하고 있는 게 섹스라니까요."

"아니, 그 사실이 왜 성후 씨를 불행하게 하는데요?"

"……."

그녀를 무시하는 건 아니다. 질문에 대꾸할 필요성을 느끼지 못하는 것도 아니고, 다만 가여운 삶의 언저리에서 나는 문화의 혜택을 입지 못해 스스로 자기 목을 조르는 오컬트의 사내가 되어버린 것에 자욱한 슬픔이 느껴졌다.

"……."

다행히 그녀는 나의 메타-커뮤니케이션을 이해해주고 침묵을 묵묵히 받아들여 주었다. 관목 숲엔 삼삼오오 모여 앉아 있는 이들이 여럿 있었다. 우린 운 좋게도 그늘이 잘 드는 잔디밭 벤치에 자리 잡았다.

다사로운 햇살을 즐기는 시늉을 하며 그녀가 말한다.

"따지고 보면 자본주의를 움직이는 원동력도 섹스죠. 성욕이 없다면 우린 별 노력하지 않고 살 거예요. 고급 호텔도 명품백도, 새벽까지 여는 클럽, 헬스나 Beauty Shop 등, 이성에게 돋보일 필요 없으니 대충 자기 편한 대로 살겠죠."[2]

---

2 제프리 밀러 저, 김명주 역, 『스펜트』 2010. 동녘사이언스

"그래도 강의내용이 파격적이지 않아요?"

"전 교수님이 화두를 던지고 있다고 생각해요."

"화두요?"

"네, 상대를 변화시킬 수 없다면 자극하는 것만으로 충분할 때가 있지요."

그녀에게서 남다른 통찰력이 느껴진다. 근처엔 어떤 외국인 학생이 웃통을 드러낸 채 일광욕하고 있었는데, 그녀의 시선은 망연히 그쪽을 향해 있었다.

"그래도 마지막에 '섹스의 부재는 존재의 상실로 이어진다'라는 말은 심한 비약처럼 들려요."

"전 그럴 수 있다고 생각하는데요."

"네?"

그녀는 순백의 눈동자를 빛내며 속삭이듯 말한다.

"못 들었어요? 언어, 예술, 도덕, 창의성 등 인간을 인간답게 하는 특성마저 이성을 선택하는 기준이 된다[3]고 하셨잖아요?"

"제가 딴생각 좀 하느라……."

제멋대로 상상에 빠져 있느라 교수님의 말을 듣지 못했다. 그

---

3 제프리 밀러 저, 김명주 역, 『연애』, 2009, 동녘사이언스

리 보니 인간은 DNA의 명령에 따라 움직이는 생체로봇이란 말에서 뚝 끊겼다. 적대적인 학생들과 논쟁 중에 언뜻 '쓰레기'라는 말이 튀어나온 것도 같은데?

"늦은 건 난데 복습은 그쪽이 해야 하겠어요."

커피 맛이 무척이나 현실감 있게 다가왔다. 도시락을 여는 그녀의 매끈한 손이 보였다.

"33억의 DNA 중에 단 1.6%만이 전이(Coding)된다고 해요. 98%의 DNA유전자는 아무 기능도 하지 못하는 정크DNA인데, 생명공학자들이 쓰레기로 치부한 그것의 기능이 최근에 밝혀졌다고 하네요."

"그게 뭔데요?"

"먼저 DNA를 발견한 과학자들의 입장을 헤아려야 해요."

"교수님이 그리 말했나요?"

"아니요. 제가 상상력을 덧붙였어요. 생명의 신비를 알 수 있겠다 싶어, 인간존재의 공장에 견학 갔는데 정작 일하는 사람은 1~2명, 나머지 9998명은 빈둥거리며 놀고 있다는 걸 알면 어떻겠어요?"

"견학 간 학생들의 실망이 크겠군요."

"아무 일도 하지 않는 그들이라 생각해서 쓰레기DNA라고까지 불렀지만 사실은 각종 선천성 증후군을 예방하는 것으로 밝혀졌대요. 개중엔 알츠하이머에도 관여하는 비활성 DNA도 있다고 하네요. 그런 종류의 DNA를 활성화하거나 이식하면 치매는 물론 많은 질병과 장애를 예방할 수 있다고…….”

“쓰레기 더미에서 보석을 찾을 수도 있겠네요?”

“재미있는 표현이에요. 그런데 교수님이 사견을 덧붙이셨어요.”

후비는 어쩐지 말을 꺼리는 투다.

“뭔데요?”

“앞서 탐험가의 유전자가 주인에게 모험을 떠나라고 떠미는 것처럼…….”

말하기 겸연쩍은지 그녀는 웃어 보였다.

“왜요?”

여자는 미소만으로 남자를 보낼 수 있는 건! 핑크빛을 발하는 후비의 얼굴을 보며, 이 여인을 차지하고 싶다는 충동이 음낭에 고인 정자수만큼이나 들끓는다.

“교수님의 사견으론 쓰레기DNA들이 한데 뭉쳐 한목소리를 낸대요.”

“그들이 주장하는 소리가 뭔데요?”

“정말 못 들었어요?”

“네, 제가 한번 상상에 빠지면 깊은 잠을 자는 것 같아서…….”

“참 희한하고 독특한 버릇이네요?”

"어릴 때부터 충격을 많이 받아서……."

농담처럼 들렸는지 그녀는 낮게 웃으며 답했다.

"섹스를 원한대요."

"네?"

"이성을 그리워하며 사랑을 원한대요. 그들의 깨어진 암호(Code)가 증거라며……."

하나의 유전자 코드가 인간의 행동성향을 그리도 조장하는데, 단백질 전이를 하지 않는 유전자라 해도 30억 이상의 유전자들이 무더기로 한목소리를 낸다면…….

"안 먹어요?"

"네?"

"도시락!"

"아, 드셔야죠."

"네? 호호호!"

도시락 뚜껑을 여는 손길이 나도 모르게 헤죽거린다. 도시락 안의 빨간 방울토마토가 고개를 내밀며 그녀의 얼굴만큼 예쁜 미소를 던지는 것 같다.

"어릴 때 아버지 사업이 넘어갈 뻔한 일이 있었어요. 어머닌 방 하나를 떼어 세를 주셨는데 젊은 남녀가 들었죠. 언니와 나는 그게 무척이나 우스웠어요."

"뭐가요?"

"두 남녀가 도통 밖에 나오지 않는 거예요. 하루 종일 작은 골방에 틀어박혀 무얼 하는지, 우리는 방 언저리에서 숨죽이며 키득거렸죠."

"밥은 먹었겠죠?"

후비는 도시락을 떠먹으려다 말고 빤히 쳐다본다.

"그 젊은 두 남녀!"

"몰라요. 호호호……."

그녀의 웃음소리가 마다가스카르에서 들려오는 낮은 휘파람 소리처럼 아련한 건, 후비는 말한다.

"무성한 신음소리만 기억해요. 그러다 언니가 어떻게든 구멍을 뚫어 안을 보았는데 실성한 사람처럼 가만히 있는 거예요. 저도 그 안을 보았는데……."

무언가에 감전된 사람처럼 멍하니 전방을 응시하는 그녀를 일깨울 필요성이 느껴졌다.

"무얼 보았나요?"

"배 …… 뱀이 보였어요."

"뱀이요?"

"네, 지금 생각하면 사람의 팔다리였는데 전 어쩐 영문인지 네 마리의 엉켜 있는 뱀을 보았던 게 분명해요. 그다음엔 언니가 눈을 가려버렸죠."

"아쉽군요."

"네?"

"뱀의 생태를 관찰할 수 있는 기회를 놓쳤잖아요?"

그녀는 갈라파고스의 도마뱀이 낼 만한 낮은 저주파 웃음소리를 내었다.

"첫 만남에 제가 너무 이상한 소릴 하죠?"

"아니요, 듣는 것밖에 할 수 없을 정도로 흥미로운데요."

"신기한 건 다음이에요. 우리 행동을 보며 엄마가 젊은 남녀를 내보내기로 결심했어요. 계약파기의 책임이 우리에게 있는 이상, 손해를 감수해야 했지만 오히려 젊은 남녀는 월세까지 두둑하게 챙겨주고 떠났죠. 정작 신기한 건 바로 다음 날이에요. 망해가던 아버지 사업이 기적적으로 살아난 거예요."

"분홍새네요."

"네?"

"곁에 있어도 모르는 파랑새와는 다르게 분홍새는 핑크빛 행복을 전해주고 떠난대요."

"그렇담 분홍새가 둥지 틀면 금세 망가트려야겠는데요?"

후비는 예의 낮은 웃음소리를 내었는데, 흡사 분홍새가 그렇게 운다 해도 쉬이 믿을 수 있을 것 같다.

"짐 꾸리고 나가는 젊은 여자와 눈이 마주쳤는데, 그 여자의 얼굴표정을 잊을 수가 없어요."

"어땠는데요?"

"꽃으로 만든 술에 취한 것처럼 얼굴엔 홍조가 가득했고, 피부에 손을 대면 복숭아 꿀향이 묻어날 것처럼 아름다웠어요. 이목구비가 뚜렷하거나 예쁜 얼굴이라고 할 수 없는, 어떻게 보면 못생긴 얼굴인데도 그토록 아름다운 여자얼굴을 생전 처음 보았어요."

그토록 아름다운 여자얼굴이란! 취한 듯 아름다운 여인의 미소를 그녀가 나로 인해 떠올릴 수 있다면…….

"무슨 생각해요?"

맘속 생각을 알아들었는지 그녀가 의심에 찬 눈초리로 물었다. 무심코 입에 넣은 방울토마토가 속을 터트린다.

"엇! 죄 …… 죄송합니다."

토마토 속이 그녀의 얼굴로 튀었다. 마치 도미노 게임처럼 커피도 쏟아지며 그녀의 치맛자락을 적신다. 여인을 만날 때는 손수건 정도는 챙겨야 한다는 간단한 에티켓을 상기하며 땅이라도 치고 싶다.

"괘 …… 괜찮아요."

말은 그렇게 했지만 그녀 역시 당황한 듯 손으로 얼굴을 가리며 어쩔 줄 몰라 했다.

"이거라도……."

마침, 호주머니에 어느 커피숍에서 챙겨두었던 냅킨이 잡혔다. 꾸깃꾸깃한 그것을 받아들며 후비는 뒤돌아 콤팩트 거울을 꺼내들었다. 사소한 실수 하나에 그만 나라라도 팔아먹은 듯한 죄책감이 몰려오는 건,

"이제 괜찮죠?"

몸단장을 끝낸 그녀가 물었다. 돌아보는 그녀와 시선이 마주친 순간, 영원히 밖으로 나오고 싶지 않은 분홍벽지 작은 골방에 파묻힌 느낌이다.

"……."

나는 말을 잃고 고개만 끄덕였다.

"이런, 커피가 없어졌네."

"제 거라도 마시겠어요?"

반쯤 커피를 나눠줄 요량이었는데 후비는 내 마시던 컵에 입을 댄다. 가슴에 미묘한 떨림이 느껴지며, 이러한 순간들이 많은 로맨스 문학이나 멜로 영화에 영감을 주었겠구나!

"노트에 쓴 시 읽어주겠어요?"

"어 …… 어떤?"

"푸시킨 떠오르는 시."

왠지 기로에 섰다는 느낌이 들었다. 내 생애처럼 심각한 자작

시를 읽어주다간 애써 구축한 연애의 감정이 무너질 것 같다는 예감이 강했다.

"아직 다듬지 못했는데……."

"괜찮아요."

수첩을 꺼내 마지못해 시를 읽어주었다.

삶은 바라지 않을수록 기쁨 주나니

바라지도 말고 기대하지도 말라
인생은 바라지 않을수록 네게 기쁨을 주나니

시작한다! 생각할 때에 인생은 끝을 알릴 것이요,
정작 끝났다 생각될 때에 삶의 문이 열릴 것이니

무한한 우주로 나아가라는 초대장을 받고
그대가 지상에 태어난 것이며
시간이란 결국 인간에게 귀속될 수밖에 없는
영원불멸의 나침반이라는 걸

살기 원하는 그대는 오직 사랑하길!

그녀는 진지한 낯빛으로 경청하더니 소감을 밝혔다.

"고전적인데요? 칼릴 지브란의 시를 듣는 줄 알았어요."

"교수님도 오쇼 라즈니쉬를 언급하시긴 했죠."

"특별한 전공을 택하셨나 봐요?"

"네, 글 쓰는 학문……."

"대단한 학문을 하시네요."

내게서 음울한 눈빛을 읽었는지, 조금은 과장된 몸동작과 함께 그녀가 덧붙였다.

"창작에 관련된 일은 정말로 대단하지 않아요?"

"그 대단한 전공을 바꾸려고요."

"왜요?"

"미래가 밝지 못해요. 살아남으려면 보다 영악한 기술이 필요하죠."

그녀는 조곤조곤한 목소리로 말했다.

"전 TV를 잘 보지 않지만 어느 예능프로에서 이효리가 했던 말이 생각나요. 이경규 아재가 지나가는 아이한테 덕담처럼 훌륭한 사람 되어라!고 했을 때, 이효리가 손사래 치며 그냥 아무나 되라고 했지요. 뭐가 되든 행복한 사람이면 된다고……."

어떤 기로에 선 느낌이 든다. 묵묵히 듣고 공감할 수 있으면 좋겠지만 사람을 대하는 특정한 패턴, 해묵은 언어습관이 나를 자유롭게 내버려두지 않는다.

"그 말 들으니 미래가 사라질 때 인간은 진실로 존재할 수 있다고 했던 오쇼 라즈니쉬의 말이 생각나네요."

"제가 잘 몰라서……."

"오쇼는 희망하지 말라고 했어요. 모든 희망은 에고(Ego)를 위한 것이고, 희망이 사라질 때 미래와 집착하는 에고도 사라지며, 비로소 존재는 자신에게 충실할 수 있다고……."

"자작시와는 영 딴판이네요."

그녀의 말이 폐부를 찔렀다. 세태가 도달할 수 없는 어떤 고원한 정신세계에 도달한 듯한, 현학적인 말로 무언가 아는 체하는 태도, 더없이 고리타분한 스타일에 나 스스로도 질려 있었기 때문이다.

"저도 문체의 한계를 느껴요. 자꾸 애늙은이같이 말하는 버릇이 들어놔서, 그렇다고 오쇼의 말을 이해하는 것도 아니고……."

그녀는 주의 깊게 내 눈동자를 살피며 말했다.

"언젠가 미식가에게서 들은 말이 있어요. 맛을 느끼기 위한 일 원칙은 눈앞의 다른 음식에 현혹되지 말라는 거였어요. 다른 요리도 곧 맛볼 수 있을 게 확실하지만 지금 입안에 넣은 음식을 충실하게 맛보는 게 미식의 첫걸음이라 했었죠."

나는 가만히 고개를 끄덕였다. '그런 식으로 먹으면 어떤 음식이든 맛있게 먹을 수 있겠다!'라고 너스레 떨려는 걸 가까스로 억제하며, 그런데 경박한 주둥이는…….

"그래도 미식의 일원칙은 허기 아닐까요? 배부르면 음식 쳐다보는 것도 싫어지니까요."

그녀는 씁쓸한 열대과일이라도 맛본 것처럼 웃었다.

"허기를 면했으니 그만 일어나야 할 것 같아요. 참, 저는 건축디자인을 해요."

건축 디자인에 관한 궁금증이 쏟아졌지만 간단한 눈인사로 대신했다.

"다음 만날 때는 편하게 말하는 거 어때요?"

"그렇게 해요. 당분간 늦을 것 같은데 오늘처럼 부탁할게요."

"부 …… 부탁은 제가……."

후비는 어중간한 나의 태도를 이해한다는 표정으로 고개를 끄덕였다.

"덕분에 복습 잘 한 것 같아요!"

그녀와 헤어지고 이른 봄날에 태어난 연꽃잎의 낭만을 이해할 수 있을 것 같다. 다사로운 햇살의 여운이 깊어 벤치에 앉아 책을 폈다. 때로 삶의 낭만은 책 한 권, 작은 책갈피에서도 찾을 수 있다. 아기 고사리손을 연상시키는 책갈피에는 이런 글귀가 적혀 있었다.

'책은 정복하는 게 아니라 덮는 것이다!'

어렴풋이 느껴지는 사랑의 감정은 책갈피가 선언하는 말처럼 되지 않기를! 웃통을 드러낸 외국인 남학생의 창백한 등짝 위로 옅은 아지랑이가 피어오르는 것이 보였다.

강의 0

핵융합 발전소를 견학하는 기분이다. 나는 사냥을 목적으로 하지 않는 하이에나처럼 이과대학 교정 이곳저곳을 누볐다. 도남에게 전화를 걸어 그가 캠퍼스에 방치해둔 자전거에 대한 행방을 물었다.

"자전거? 그거 못 쓰는데……."

"내가 고쳐 쓸게."

"글쎄, 비밀번호가 뭐였더라?"

도남의 자전거를 손보는 데만 꼬박 두어 시간이 걸렸다. 늘어진 바퀴에 바람 넣고, 묵은 때를 닦아내는 것만 해도 꽤나 진땀 나는 노동이었다. 공장 건물을 개조한 건축학부는 후미진 곳에 있었다. 마침 강의가 끝나고 학생들이 몰려나온다. 수많은 남학생들 틈바구니에 그녀가 눈에 들어왔다. 후비는 남학생들에게 앞뒤로 에워싸여 마치 여왕처럼 호위를 받고 있었다.

먼발치에서 그 모습을 지켜보며 절로 올림픽 모토가 떠오른다. 나는 저들을 제치고 메달을 차지할 수 있을까! 사랑에서 금메달을 따지 못하면 소용없을 텐데…….

"성후!"

용케도 날 알아본 그녀가 손을 흔들었다. 혹시나 치마를 입고 있으면 어쩔까! 내심 마음을 졸였는데, 역시나 그녀는 치마차림이다. 그것도 치렁거리는 보헤미안 스타일의 롱 치마, 나는 자전거 뒷좌석에 등산용 방석을 깔고 기다렸다.

"어떻게 알고 왔어?"

말을 건네는 그녀에게서 더없이 향기로운 살구향이 났다.

"탈 …… 탈 수 있겠어?"

그녀는 치마를 걷어 옆으로 걸터앉았다. 그녈 우러러보던 시커먼 남학생들의 낯빛이 저마다 어리벙벙한 표정이다. 나는 자전거 페달을 힘차게 밟았다.

"새로 난 길 알고 있어?"

"새로 난 길?"

본관과 이과대 교정을 잇는 고가다리가 개설되었다. 모퉁이를 돌아 진입하자 철길 따라 고가다리가 펼쳐져 있다. 마침 벚꽃 가로수가 싱그러운 꽃잎을 가지마다 한가득 품고 있다. 우린 그곳을 자전거로 달렸다. 마치 벚꽃잎으로 뭉친 구름 위를 달리는 기분이다.

"와!"

감탄사 외에 다른 말은 잊은 듯 후비는 짧은 단음절 말만 계속 했다. 폭 좁은 고가다리 아래로 진귀한 분홍빛깔 꽃잎들이 넘실 댄다.

"천천히 달려!"

그녀의 말이 귓가에 스쳤다.

"이 예쁜 길을 왜 그리 빨리 가는 거예요?"

시간에 맞추려 서둘렀던 조급함은 사라지고 비로소 우릴 감싼 풍경이 눈에 들어온다. 헛물켠 어느 꿀벌 하나가 벚꽃잎 사이에서 허둥거리는 게 눈에 들어왔다.

"고마워, 편하게 대해줘서!"

"방금은 존댓말 했는데……."

별로 재미있는 말은 아니었지만, 우린 몹시도 우스꽝스러운 광경을 본 사람들처럼 수다스럽게 웃었다. 발아래 벚꽃이 분홍빛 뭉게구름을 형성하며 우린 천상을 내달린다. 누군가 이 장면을 사진 찍어 내게 준다면! 사진 값으로 일 학기 등록금을 요구해도 기꺼이 내어줄 수 있을 텐데…….

'쏴아~'

벚꽃잎을 날리며 바람이 분다. 동굴 천장 종유석 사이를 훑고 나온 박쥐의 날개깃처럼 그 바람은 알 수 없다. 바람은 나의 앞머리를 세우고 그녀의 머릿결을 어지럽힌다.

'쏴아-'

끝나면 서운한 고가다리 너머 대학 본관 교정이 눈에 들어왔다. 우린 배롱나무 화단 앞에 멈춘다. 강의시간에 가까스로 맞출 수 있었다.

"빨리!"

자전거 거치대에 자물쇠를 채우는 내 손길이 무척이나 굼떴나 보다. 지켜보던 후비가 작은 목소리로 속삭인 것이 신기하게도 귓가에 닿았다. 그녀의 손을 잡고 복도를 뛰어 조심스레 문을 여는데,

"어……?"

서둘러 찾은 강의실 안은 텅 비어 있다. 학예 발표를 위한 건지 교단을 무대처럼 꾸미고 있는 일꾼 몇몇이 눈에 들어올 뿐…….

"어떻게 된 거지?"

우린 서로의 얼굴만 바라보았다. 입술을 삐죽이는 그녀의 천진난만한 표정에 모닥불에 달궈진 마시멜로만큼이나 마음이 누그러지는 건,

"뭐지……?"

잠자리 날개처럼 가라앉은 그녀의 눈썹이 애처로워 가장 낭만적인 선물을 건네야 할 것 같다. 내 편에서 할 수 있는 유일한 선택! 두리번거리는 그녀의 고개를 양손으로 고정하며 입맞춤, 영원 같기도 찰나 같기도 한 그 순간은 이상한 비분음절과 함께 종결을 선고한다.

'짝!'

현실의 로맨스는 영화에서 보는 것과는 아주 많은 차이가 있다. HDTV에 드러나는 배우들의 피부트러블처럼 여실하거나, 혹은 간밤에 꾼 몽정처럼 노골적이거나…….

"미쳤어? 이런 상황에서 무슨 짓이야?"

따귀 맞은 뺨이 부끄럼과 합세하여 터져나갈 듯 화끈거렸다. 그때 뒤에서 누군가 우리를 불렀다.

"강의는 취소되었어요."

검은 뿔테안경을 눌러쓴 창백한 낯빛의 여학생이 말했다.

"왜요?"

"학게(학교 게시판) 안 보시나 봐요?"

여학생은 종종걸음으로 사라졌다. 뿔테안경 여학생 덕에 반쯤 모면한 민망함, 그 나머지도 떨궈낼 요령으로 일부러 부산하게 움직였다.

"어떻게 안내문 하나 없지?"

"여기……."

출입문에 작은 안내문 하나 붙어 있는 것이 눈에 들어왔다. '이지야 교수의 특강, 무한정 연기!' 어쩐지 강의실 대관 문제 때문에 그런 것 같진 않다.

"반발이 심했네."

휴대전화로 학교게시판에 실린 글을 훑던 후비가 말했다. 학게엔 이지야 교수의 강의에 대한 지탄의 글들이 가장 많은 조회수를 기록하며 올라와 있었다. 진화론을 반대하는 교수님의 강의내용에 대한 비판에서부터 성적문란을 조장한다는 단순한 비난의 글, 개중엔 교수님이 특정 종교를 겨냥하여 잘못된 인식을 심어준다며 섹스로 연금술을 조장하는 마녀라면 교단에서 퇴출해야 하는 것 아니냐!는 원색적인 댓글도 눈에 띄었다.

교수님의 과거 이력과 학력, 그리고 외국학계에 파장을 일으킨 여러 논문들이 도마 위에 올랐다. 덕분에 과거에 교수님이 쓴 칼럼도 회자되었다. 잡지에 기고했던 오르가슴이나 포르노 등등에 관한 칼럼들이 눈길을 잡아 끈다.

"……."

후비는 휴대전화에서 시선을 거두며 침묵으로 날 바라보았다. 입가엔 어렴풋이 힐난의 목소리가 실려 있는 것 같다. 복도를 걸어 나오는 내내 배롱나무에 맺혀 있는 꽃봉오리가 좀 전과 같은 무모함은 두 번 다시 하지 말라는 듯 흔들렸다.

"배롱나무의 비밀을 알아?"

복도 끝에서 그녀가 입을 열었다.

"보통 배롱나무는 7월에 꽃이 핀대, 지금은 벚꽃 피는 4월, 이 나무는 사시사철 꽃봉오리만 머금고 있다는 거야."

우린 누가 먼저랄 것도 없이 관목 숲으로 걸음을 옮겼다. 전에 봐둔 벤치는 어느 외국인 학생이 점령하고 있다. 다른 자리를 찾으려는데 후비가 말린다.

"잠깐 기다려봐."

외국인 학생은 커다란 가방에서 스포츠매트를 꺼내 들고는 볕 잘 드는 잔디밭으로 갔다. 우린 손쉽게 벤치를 차지했다. 그가 웃통을 벗고 볕을 쬐는 게 눈에 들어온다. 후비가 작은 목소리로 소곤거린다.

"아마 영국에서 왔을 거야. 이런 환상적인 햇살에 두 팔 벌리지 않는 건 사치라고 생각할걸."

나는 좀 더 과묵해지기로 결심했다. 그리고 보다 신중해지기로…….

"이상하네, 왜 말이 없어?"

나는 진심을 얘기했다.

"너한테 맞추고 싶어."

후비는 마치 가여운 새끼강아지라도 보는 듯한 눈초리로 말한다.

"그럴 필요 없어."

"너에게 진지하고 싶어."

우린 한동안의 시간을 침묵으로 흘려보냈다. 마치 오늘 처음 만난 인연처럼 데면데면한 어색함이 둘 사이의 공간을 채웠다. 그때, 귀에 꽂히는 손가락!

"따뜻하다."

후비는 나의 귓속에 자신의 집게손가락을 꽂아 넣으며 말했다.

"손가락 얼었을 때 여기 넣으면 되겠다."

나는 가만히 귓속에 손가락을 느꼈다. 그녀의 손가락, 기묘하고도 감미로운 간지럼…….

"내 마음 얻고 싶어?"

후비는 나의 뺨에 고운 손을 가져다 댄다. 그러고는 입을 맞추며 속삭였다.

"너 하고 싶은 대로 해!"

강의 0-1

내 몸 안의 쓰레기, 단백질 전이되지 않는 쓸모없는 DNA들이 구체적인 요구조건을 내걸며 한목소리를 내었다. 총파업에 들썩이는 경제상황처럼 나의 감정과 신체는 불의에 대한 홍분에 들떠 어찌할 바를 모른다.

'그녀를 달라!'

DNA코드 문서를 열면 온통 자음만 써져 있어 알지 못했던 그들의 낱말이 태곳적부터 신비에 싸인 비밀의 모음문서를 발견해 내고는 아련한 가슴앓이를 시작한다.

'후비를 원한다. 그녀의 입맞춤, 귓속을 파고든 집게손가락의 낯선 전율, 그리고 앙상블 이루고 싶은 그녀의 나신!'

내 몸 안의 사랑DNA는 단백질 전이를 심하게 일으키며 지속적으로 난동을 일으켰다.

'맴맴매매…….'

후비의 키스는 진짜라는 생각이 든다. 그에 비하면 내가 했던 입맞춤은 철부지 장난 같은 거, 후비의 키스 후 시간이 어떻게 흘렀는지 모른다. 다만 봄인데도 여름 한철 매미의 울음소리가 귓가에 들렸고, 앙증맞은 참새 떼가 핑크빛 날개를 퍼덕이며 날아오르는 게 보였다.

'푸드덕 푸드덕!'

제아무리 잘 만든 멜로 영화나 TV드라마도 사랑의 실제적인 감정과 우아한 낭만을 담아낼 순 없을 것이다. 팔에 닿는 그녀의 어깨가 느껴졌다. 자그마한 어깨 너머 그녀의 몸이 내 영혼에 닿는다.

후비는 고개를 기울이며 물었다.

"어떤 작품을 쓰고 싶어?"

"비극을 쓰고 싶어. 비참한 약점 때문에 파국으로 치달을 수밖에 없는 인간의 숙명을, 그리고 그것을 극복하고자 노력하지만 결국 주어진 환경에 굴복하고 마는 주인공의 운명을……."

"결국 극복해내면 좋겠어. 그게 훨씬 낭만적이지 않아?"

"거짓말이야. 현실에서 그런 일은 일어나지 않아."

"삶 자체가 낭만적인 거짓말인걸!"

저녁에 피치 못할 사정이 있다며 후비는 손을 흔들었다. 나는 그 사정이라는 게 무언지 궁금했지만 묻지 않았다. 다만 뒤돌아

선 후비의 뒷모습을 보며 하고 싶은 말,

'여인이여, 삶은 현실이며 일상을 반복하기엔 우리의 시간은 그토록 짧은걸!'

말은 거창하지만, 너도 알고 나도 아는 암묵적 내막이란 어쩌면 현실의 낭만성을 인정하지 않는 한 사내의 태도에 질린 여인이 그냥 자리를 회피하고 싶은 것인지도 모른다.

"무슨 일이야? 강의도 땡땡이 치고?"

후비와 헤어지고 도남에게서 전화가 왔다. 녀석은 내 덕택에 새로 사귄 여친과 초저녁부터 섹스 삼매경에 빠져들 수 있었다며 술 한잔 사겠다고 제안했다. 나는 콧방귀로 응수했다. 사랑의 잔잔한 여운을 방탕아의 걸쭉한 무용담으로 망치고 싶진 않다.

"근데 너도 봤지. 그런 몸매는 나도 처음 봤다. 가슴이 얼마나 큰지 그냥 흘러내리더라. 그걸 모아서 가까이서 보면 몰랑몰랑한 언덕 같은 거 있지!"

어느새 녀석의 말에 휩싸여 강의실 뒤편에서 우리 쪽을 쳐다보던 여자를 연상해내고 있다. 학생이라고 하기엔 범상치 않던 옷차림, 스포츠 레깅스를 입고 언뜻 풍만했던 그녀의 상체……,

"정말?"

"그래, 보통 수술한 가슴은 그렇지 않거든! '올 댓 재즈'란 영화를 좋아하지만 여배우의 가슴은 정말 형편없었지. 덮어놓은 젤리 같았거든. 근데 어디까지 얘기했더라?"

"가슴 얘기밖에!"

"맞아, 허리돌림은 또 어떻고, 너 맷돌 돌린 적 있냐?"

"이 시대에 그런 걸 돌릴 수나 있냐?"

"허리를 맷돌처럼 지칠 줄 모르고 끊임없이 막 돌려대는데……. 와우!"

도남이 취한 삼매경은 분명 야릇했을 것이다.

'새끼, 지 혼자만!'

어쩌면 인류 행복의 딱 평균치를 살아야 하는 운명과 그 이상을 살도록 허락받은 운명, 혹은 그 이하의 삶을 살아야 하는 숙명이 따로 정해져 있는 것 같다.

"에이, 허랑방탕 새끼야! 그만 끊어."

감정이 불꽃같이 터진다. 후비에게 전화하고 싶은 마음이 굴뚝같지만 선불렀던 입맞춤만큼이나 어울리지 않는 말로 그르칠까! 두려움이 크다. 집에 돌아와 찬찬히 학게를 살피니, 낮에 흥미를 끌었던 교수님의 칼럼들이 눈에 들어온다.

성적 감흥, 전희의 중요성, 게이문화를 선호하며 남성 동성애자와 친하게 지내는 여성을 일컫는 '패그해그(Fag hag)', 오르가슴을 붙잡는 법 등등…….

그중에서도 유독 포르노에 대한 칼럼이 눈길을 끈다.

포르노, 참을 수 없는 욕망

포르노를 통해 자유를 선언한다! 포르노그래피는 위선과 고상한 체하는 감정의 내면을 폭로한 것에 불과하다. 자유가 타인에게 정신적, 물질적 피해를 끼치지 않는 선에서 인정될 수 있듯이 욕망도 타인에 대해 피해를 끼치지 않으면 전방위적으로 인정될 수 있다. 욕망은 자유에 기초하며 인간이 욕망을 실현하고자 하는 노력이 자유라 할 수 있기 때문이다. 남에게 구속받지 않고, 간섭받지 않고자 하는 자유에 대한 열망은 타인의 시선과 제도권 사회에서 자유롭고자 하는 욕망과 상동(相同)한다. 절제되어 안전한 욕망은 아름답다. 아름다운 욕망은 실현될 가치가 있으며 '자유'라는 이름을 부여하기에 부족함이 없다. (중략)
부정할 수 없는 욕망, 부인할 수 없는 포르노라면 인정할 수밖에 없다. 포르노그래피(Pornography)는 '표출해야만 하는 것에 대하여 표출시킬 수 없는 이면의 것'이란 딜레마를 설명하고 있다.

사랑의 설렘이 점점 이상한 것으로 변질된다. 오늘 새로 추가한 전화번호를 하염없이 쳐다보는데, 숫자들이 꼬물거리며 말을 걸어오는 것 같다. 간밤에 노골적인 꿈을 꾸었다.

타히티의 보라보라 섬을 연상시키는 외딴 섬, 나는 허름한 방갈로에 들어앉아 구식 타자기를 치고 있다. 숫자만 있는 타자기는 자신만의 언어를 잊은 듯 보였다.

'타다다닥…….'

타자기를 두드릴수록 두통이 찾아온다. 문자를 쓰려 해도 숫자만 찍힌다.

'후비는 후배위를 좋아해!'

의지와는 상관없이 숫자들이 서로 얽혀 그런 문구를 만들어냈다. 때마침 하늘거리는 옷차림을 하며 후비가 나타났다. 미풍이 부는 방갈로 밖에서 그녀는 옷자락을 휘날리며 말한다.

'이리 와!'

나는 왠지 타자기를 벗어날 수 없어 그녀에게 고개를 가로젓는다. 믿기지 않는다는 표정으로 후비는 옷을 벗기 시작한다. 어느새 마지막 남은 속옷마저 바람에 실려 보내고, 찬란한 햇살에 그녀의 뽀얀 살결이 드러난다.

후비는 여신의 자태로 서 있다. 털끝 하나 없는 눈부신 나체, 나는 벌써부터 팽창한 사내의 몸을 야들거리며 후비에게로 달려간다. 우린 격정적으로 포옹하며 지상에서 영원으로 이어지는 사랑을 나누기 시작한다.

'아아!'

나는 그녀의 유방을 이리저리 굴렸다. 커다랗고 부드러운 구슬을 손에서 놓고 싶지 않은 아이처럼 후배위 자세가 되어서도 집요하게 후비의 가슴을 만졌다.

그녀의 탐스러운 엉덩이가 눈앞에 펼쳐지며 또 다른 신세계를 펼쳐 보였지만 다사로운 여인가슴의 고정불변의 매력을 초월하지는 못한다. 나는 후비의 엉덩이를 한 손으로 부여잡고 그녀를 처음 봤을 때부터 바라 마지않던 운동을 시작한다.

'찹찹찹!'

케첩 뿌려지는 소리가 요란하며 토마토 빨강 알갱이가 무더기로 빠져나간 빈틈을 또 다른 덩어리가 채우는 소리가 마치 음란한 교성처럼 들려온다.

'찹찹 푹, 찹찹 푸숑-'

옴팡진 움직임이 지나쳐 잠시 숨 고를 때면 후비는 마치 음탕한 암늑대가 꼬리 치듯 엉덩이를 흔들었고, 나는 부드러움을 잃지 않으며 오직 허리의 힘으로 율동을 더할 것처럼 움직였다.

'못의 힘이 아니라 못을 박는 사내의 힘으로 박아야 해. 명심해! 나무는 도끼가 아니라 도끼를 든 남자의 힘에 의해 쪼개진다는 사실을…….'

언젠가 섹스의 명인, 도남에게서 코치받은 명언을 떠올리며!

'찹찹 아아 …… 차찹찹 아아아!'

후비의 신음소리가 점점 더 커져갈 때, 절정의 클리토리스, 그녀의 음핵을 자극한다. 마치 경주마가 자신보다 더 빠를 수 없는 경쟁자들을 물리치고 말갈기를 푸른 하늘에 휘날리며 포효하는 것처럼 후비는 몇 번이고 황홀감을 터트렸다.

'아아, 아아아아……'

우린 오랫동안 몇 번이고 서로의 육체를 탐하였다. 얼마나 격정적으로 찡그렸는지 후비의 이맛살, 양미간에 옅은 주름이 배어 있었다. 후비는 내 가슴에 사랑스런 뺨을 얹고 보조개 미소를 띠었다. 난 하염없이 그녀의 눈동자를 마주 보며 머릿결을 쓰다듬는다.

'쏴아아-'

노곤한 몸을 파도에 맡기면 잔잔한 물살이 다가와 몸을 씻겨준다. 상체를 일으켜 세우려는 순간, 이상한 느낌이 느껴진다. 눈을 떴을 땐 모든 것이 꿈이다! 배꼽까지 넘보며 음흉하게 넘실대던 파도물결에 팬티가 젖어 있었다.

그때의 감흥을 적으려 수첩을 펴 드니 이미 「촉수이고파」라는 시가 눈에 들어온다. 꿈에서의 데자뷔, 경험한 것에 대한 기시감이 아닌 다가올 것에 대한 예감과 적중, 거대한 혀와 야릇한 촉수로서의 인간 감각, 혹은 초능력!

전공 강의

꿈에서 보았던 후비의 알몸은 실제 그녀의 몸과 얼마나 닮아 있을까? 귀에 꽂은 이어폰을 통해 들려오는 음악소리처럼 간밤에 꾸었던 꿈이 머릿속에서 떠나질 않았다. 내가 그렇게 야한 꿈을 꾼 걸 알면 후비는 어떻게 생각할까!

때로 어떤 꿈은 현대미술도 표현해낼 수 없는 초현실적인 형상과 이미지를 제공한다. 개중엔 사람들의 팔다리가 잘려나가는 잔혹한 꿈도 있고, 간밤에 꾼 꿈처럼 노골적인 꿈도 있다. 어떤 꿈에선 내 몸 전체가 거대한 성기가 되어 어떤 여인의 자궁을 탐한 적도 있었다. 불과 7살에 꾼 꿈이었는데, 그 여인이 누구였는지는 알지 못한다.

인간은 나이에 구애받지 않고 언제든 노골적인 섹스의 현장과 맞닥뜨릴 수 있다. 그럼에도 아무 일 없는 것처럼 태연할 수 있는 건 섹스란 중력과 같아서 그 강한 끌림이 아니면 우주에 흩날리고 말 것이며, 지상에 뿌리내려 살아가는 힘, 마치 물고기에게 삶의 터전으로서의 물, 생존을 위한 필요불가결한 존재의 마당에서 인간은 중력에 이끌리듯 섹스에 이끌리며, 섹스로 인해 존속하고, 그로 인해 생과 삶의 터전을 마련할 것이기에!

"자네는 꿈을 꾸고 있는가, 강의를 듣고 있는가?"

갑자기 교수님이 말을 걸었다. 웃음소리가 들려오고, 나뭇가지에 앉은 잠자리에게 하는 것처럼 내 눈앞으로 몇 번이고 손가락을 휘젓던 교수님의 우수에 찬 표정이 눈에 들어온다.

"죄 …… 죄송합니다."

"괜찮아. 오히려 자네의 멋진 상상력을 방해해서 미안하네."

무덤덤한 라디오방송과는 차별을 두려는 것처럼 교수님은 헛기침을 했다.

"그래도 이거 하나만은 건져가길 바라네."

교수님은 목소리를 가다듬으며 말했다.

"우리는 사건에서 인물을 빼면 어떤 것도 설명할 수 없다. 또한 인물을 빼면 아무것도 판단할 수 없다. 본질을 꿰뚫고 싶다면 세상은 기자의 눈으로 보되, 인간은 작가의 눈으로 보라. 작가란 비정한 세상에서 인간을 발견하고, 부조리한 세계에서 인간애를 조명하는 것이다."

마침 종이 울리며 오락가락하는 내 마음을 잘 알고 있다는 듯이 교수님이 미소를 보냈다.

"자네, 잠깐 나 좀 보지!"

교수님은 친근하게 어깨부터 짚었다.

"자네 글을 읽었네. 현학적이고 깊이가 있더군!"

"감사합니다."

"겨우 그 정도인가?"

"네?"

"글은 그 사람의 인생이지. 내가 자네 인생에 대해 말하는데 고작 그 정도 반응이 전부인가?"

"그 …… 그건……."

휴대전화의 진동벨이 울렸지만 차마 받을 수 없었다.

"허허, 농담일세. 어쨌든 인상 깊었어. 오쇼 라즈니쉬를 떠올리게 하더군!"

"교수님, 그건 일전에 말씀하셨는데요."

"내가 그랬어? 미안하네."

"아마도 제 인생에 대해 진지하게 생각하지 않으셨나 봅니다."

"내가 요즘 깜박깜박해서! 혹시 문체에 대해서도 말했나?"

"거기까진 말씀하지 않으셨는데요."

"문체는 스타일이야. 스타일은 디테일이며, 디테일은 나의 모든 것이지. 자넨 디테일이 약해. 마치 옷은 훌륭한데 단추가 없어 여밀 수 없는 것처럼, 바지는 멋있는데 지퍼가 없어 남대문을 채울 수 없는 것처럼!"

"교수님, 단추 비유만으로도 충분히 알아들었습니다."

의도한 건 아닌데 교수님의 바지자락에 절로 눈길이 간다. 강의 내내 남대문이 열린 채였다는 걸 알게 되면 교수님은 어떤 심정이 들까! 또다시 휴대전화 진동이 울린다.

"허허, 그래? 자꾸 전화 오는데 받는 게 어때!"

"나중에 확인하겠습니다."

교수님은 고개를 끄덕이며 말했다.

"어쨌든 글감은 좋아. 묵직하고 진지하고, 순면적인 느낌? 근데 스타일이 옛 거야. 산뜻하게 바꿔보게, 셔츠의 깃만 바꾸어도 사람이 달라 보이지 않나?"

"네!"

"지금 자네가 전화받지 않는 것도 디테일이야. 양해를 구하고 받았어도 상관없는데 아무래도 자네는 나를 완고한 늙은이로 생각하나 보군."

"교수님 말씀에 집중하고 싶어서입니다."

"그것도 디테일이지. 아무쪼록 내 충고가 자네가 미룬 전화 통화보다 귀한 것이었길 바라네."

교수님은 눈을 찡긋거리는 것으로 작별인사를 대신했다. 휴대전화를 살피니 후비가 부재중 통화에 걸려 있다. 통화버튼을 누르려는데 더운 숨부터 느껴진다.

"왜 전화 안 했어?"

"미안……."

그녀 목소리에 숨겨진 디테일이 들렸다. 방금 전까지 통화거부당한 것에 대한 불만이 담겨 있었다.

"교수님이 보자셔."

"어떤 교수님이?"

"이지야 교수!"

관목 숲으로 가는 세 갈래 길에 후비가 미리 와 있었다. 낭만적인 전조를 기대했지만 그녀는 사무적인 말투로 말했다.

"교수님이 몇 가지 제안을 하시겠대."

"어떤?"

"내 목소리 듣고 싶지 않았어?"

토라진 그녀의 표정에서 북극에 떠다니는 얼음조각이 연상되었다. 연인 사이만큼 좋은 게 없지만 이만큼이나 부담스러운 관계도 없을 것이다.

"자신이 없었어."

"왜?"

"네게 무슨 말을 해야 할지……."

붙어 있느라 기묘한 연리지의 나무줄기처럼 평범한 말도 어색하게 느껴졌다. 후비는 손을 잡으며 말했다.

"언제든 전화해. 말은 내가 할게!"

우리는 교정을 누볐다. 바람이 손에 잡힐 것처럼 하늘거린다. 지나치는 남학생들에게서 부러운 눈빛이 보였다.

공식 만남

이지야 교수의 연구실은 음악연습실 같은 분위기를 풍겼다. 각종 관현악기가 산재해 있어 발 디딜 틈도 없었다. 책상 위에는 문서더미가 수두룩하게 쌓여 있었는데 그 너머로 이지야 교수의 육성이 들려왔다.

"편한 데 앉아 있어요."

앉을 만한 곳을 찾아 두리번거렸지만 여러 악기와 쌓인 문서 때문에 빈 공간이 없었다. 허름한 접이식 의자가 있었는데 의자 뒤편에는 우스꽝스럽게도 'OO부동산'이란 글귀가 새겨져 있었다.

교수님이 모습을 드러내며 반겼다.

"어서 와요. 왜 앉지 않고?"

이지야 교수는 소파 위를 점령한 악기들의 여러 케이스와 커다란 목관악기를 보며 수줍게 웃었다.

"연구실을 어제 얻었어. 밖에 풍광이 좋아 택했는데 정리하려면 손이 많이 필요하네."

혹시 교수님은 짐 정리하는 알바를 구하시는 걸까! 창밖으로 짙은 황토색 소나무가 대담하고도 우람한 자태를 뽐내었다.

"아, 이것 때문에 부른 건 아니니 걱정 마요."

교수님은 그렇게 말씀하셨지만 왠지 이곳을 청소하고 짐 정리하는 건 내 몫이지 않을까! 하는 예감이 강하게 든다.

"밥은 먹었어?"

"아니요."

"그럼 밥 먹으면서 얘기하자."

우린 테라스에 나가듯 나선형 계단을 통해 나무 그늘이 잘 드는 잔디밭에 자리를 잡았다.

"우리 학교는 참 좋지? 어디서든 밥 먹을 수 있고?"

생각과는 다르게 털털하고 자주 웃는 교수님의 모습에서 경이로운 무언가를 발견한다.

"식당 아주머니한테 어렵게 부탁한 도시락이니 일단 먹지."

도시락 뚜껑을 열고 미처 한술 뜨기도 전에 이지야 교수가 말문을 꺼냈다.

"내가 둘을 보자고 한 건……, 근데 나에 대해 알고 싶은 거 없어?"

"참 인간적이신 것 같아요."

"뭐?"

웃음기를 누그러트리며 이지야 교수가 말했다.

"어떤 프로젝트에 동참해 주었으면 해서 불렀어. 말하자면 조교로!"

"정말요?"

조교로 활동할 수 있다니, 특별한 기회가 아닐 수 없다.

"정식 발령은 힘들 거야. 다만 그리 대우해줄 수 있도록 노력할게."

후비가 조심스레 묻는다.

"어떤 과제가 주어지나요?"

"정신과 의사들과 연합해서 일을 추진하게 될 거야. 의존증 환자, 쉽게 말해 섹스중독자들을 위한 모임에 진행을 맡아주면 하는데……."

"네? 저희들이 해낼 수 있을까요?"

"내가 모니터링할 거야. 세 그룹으로 나뉘어 간단한 지시사항을 전달해주면 그만이야."

입안에 식감 좋은 음식이 씹혔지만 맛이 느껴지진 않았다.

"천천히 결정해도 괜찮다고 말하고 싶지만 시간이 급박해서 말이지. 당장 모레부터 일정이 잡혀 있어서……."

후비가 차분한 목소리로 묻는다.

"저희들을 택하신 이유를 여쭤보아도 될까요?"

"일단 리포트가 신선했어. 강의가 취소되고 누구도 따져 물은 적 없는데 처음으로 열정을 보여줘서 고맙고."

"강의는 어쩌다가……?"

어렵사리 말 붙인 것에 이지야 교수는 고개를 끄덕이며 답했다.

"학계에 마녀사냥에 관한 글도 눈에 띄더군! 그 때문은 아니고 DNA와 관련해서 외국에서 발표한 내 논문이 반향을 일으켜서 자주 출장을 가야 할 것 같아."

"교수님 안 계시는 동안 국내는……?"

"그러니 자네들이 맡아줘야지. 이번 프로젝트는 내 오랜 숙원이야. 전국의 정신과 의사들을 설득하는 것도 힘들었지. 섹스중독은 정신병리 쪽보다는 심리 상담으로 접근하는 게 효과적이야."

후비가 차분한 어조로 질문을 던진다.

"교수님, 그런 중요한 일에 저희들이 무슨 자격이 있을까요?"

"실제로 보면 그렇지도 않아."

"무슨 말씀인지?"

"자격보단 자질이야. 나는 두 사람의 자질이 충분하다고 판단했어. 그리고 이론과 실제는 엄청난 차이가 있지. 섹스중독 모임에 나올 정도면 닳고 닳은 사람들이야. 아마 그쪽으로도 엄청난 경험을 쌓았을걸! 그대들이 나서서 뭘 해줄 수 있는 입장도 아니고 딱히 해줄 것도 없어."

"치료가 불가능하다는 말씀인가요?"

"치료라니? 가당치도 않지. 정신병리 증상은 결핍과 소외, 집착과 같은 지극히 인간적인 것에서 기인하는 것이야. 누구나 어렸을 때 편식을 경험하잖아? 사랑하는 대상에게 집착하는 건 사람이라면 당연한 거지."

후비와 나는 어느새 젓가락을 내려놓고 편안하게 교수님의 말을 듣고 있었다. 그렇다고 밥을 다 먹은 건 아니다.

"좋아하는 것만 하길 원하는 건 인간이라면 누구나 가진 내재적 욕망이지 않겠어? 그렇다고 성장을 멈추어선 안 돼. 성도착증의 주된 원인은 성애 발달과정에서 정체 내지 고착증세를 보이는 것이야. 어릴 때 잠깐 쓰는 유치를 계속 고집하는 것과 같지. 새 치아가 나길 기대하지만, 유치가 자연스럽게 빠져나가게 하는 것만으로도 우리의 임무는 다하는 거지. 한 가지 마음에 걸리는 건……."

교수님은 우리가 내려놓은 젓가락과 거의 손도 댈 수 없던 도시락을 빤히 쳐다보았다.

"이런, 일단 먹지."

우리는 한동안 묵묵히 도시락을 먹었다. 교수님 연구실 창밖으로 보였던 짙은 황토색 소나무가 우람한 팔뚝을 드러낸 사내처럼 서 있다. 후비가 어렵사리 입을 뗀다.

"교수님, 제가 전공교수님께도 비슷한 제안을 받았어요."

"그래? 아무래도 전공이 중요하지 않겠어?"

"저녁에 답신드리겠습니다. 지금은 제가 일어나야 해서……."

후비는 수심에 찬 얼굴로 내게 다가와 귀엣말을 전한다. 마치 이지야 교수가 적대적인 대상이라도 되는 듯 은연중에 경계심을 드러내며,

"나중에 전화해!"

빠져나가는 후비의 뒷모습을 바라보며 이지야 교수가 은밀한 어조로 묻는다.

"혹시 둘이 사귀는 건 아니지?"

수긍의 답을 내놓다간 친애해 마지않는 교수님께 실망을 끼칠 것 같은 건,

"아 …… 아니요. 강의실에서 몇 번 마주쳤을 뿐입니다."

"그래? 시간 괜찮다면 차 마실까?"

"네에……."

기대한 것과는 다르게 교수님은 연구실로 발걸음을 옮겼다.

"내가 즐기는 차인데 괜찮겠지?"

어수선한 교탁 너머 냉온수기 물통 위에 마련된 찻잔 포트에서 교수님이 차를 타서 내왔다. 따뜻할 줄 알았는데 실온에 놓인 물처럼 밍밍하다.

“장미수야! 다빈치가 집중력을 높이기 위해 즐겨 마시던 차지.”

가만히 음미해보니 산뜻한 꽃잎향이 은은하다.

“일 좀 부탁해도 될까?”

“네, 무엇이든지…….”

“이곳 좀 정리해줘. 어차피 일꾼들 부를 테니 너무 잘하려 하지 말고 대충, 사람 다닐 수 있을 정도만!”

“네에.”

“일단 집 나온 악기들 케이스에 넣어줄래?”

교수님은 자리로 되돌아가 교탁 위에 어수선하게 쌓인 문서를 정리했다. 우린 한동안 묵묵히 일만 했다. 커다란 몇몇 악기는 요령이 필요했다. 적절히 해체하여 접이식으로 되어 있는 케이스에 요령껏 집어넣어야 했다. 씨름선수 풍채만 한 콘트라베이스를 케이스에 넣을 때는 애로가 있었다. 손이 필요하여 교수님을 부르려는 순간, 창고에 쪼그려 앉은 교수님의 뒷모습이 보인다.

마침 바닥에 문서꾸러미가 떨어졌는데 그것을 정리하려 교수님이 엎드렸다.

'꿀꺽!'

목구멍으로 넘어가는 침이 죽처럼 뭉근하다. 깊게 파인 치맛자락 너머 교수님의 길게 뻗은 다리곡선이 드러났다. 교수님이 쪼그려 앉을 때는 핑크빛 복숭아 같은 완벽한 엉덩이 라인, 나는 잠자코 바라보다 목을 조르고 싶은 충동을 느꼈다.

시선을 의식했는지 교수님이 돌아보려는 찰나,

"와우, 사람을 따로 부르지 않아도 되겠는데!"

솜씨 좋은 일꾼이라도 발견한 것처럼 교수님이 감탄하며 말했다. 그제야 제법 잘 정돈된 실내가 눈에 들어온다. 교탁 위도 훤해져서 바깥 풍경이 드러났다.

"좀 쉬자. 마침 한과 선물 받은 게 있는데……,"

"제가 알아요. 뭐 마시겠어요?"

정리해둔 곳에서 한과 상자를 꺼내 간단한 다과상을 차렸다. 야릇한 흥분이 아랫배에 여전히 남아 손을 떨게 했다.

"제집인 양 편안하네?"

"앞으로 제 연구실이 될 공간이니까요."

"결정했어? 고맙네."

"제가 감사하죠. 근데 도시락 드시면서 아쉽다고 한 건 무슨 말씀이에요?"

"강의가 이렇게 중단되어서 너무 아쉬워. 유전자의 이기적인 성질에 대해 설명해야 하는데…….”

“이기적인 유전자요?”

“인간의 유전자는 필연적으로 이기적일 수밖에 없어. 자기목숨 부지할 수만 있다면 타인을 해하거나 생명을 빼앗는 데 아무 거리낌이 없지. 유전자에 종속되면 인간은 DNA의 꼭두각시에 지나지 않아. 마치 도파민이라는 뼈다귀를 든 주인에게 훈련된 개와 같지.”

입안에 씹히는 한과의 아삭한 맛이 잘 씹히는 뼈다귀처럼 느껴지는 건,

“우리가 살며 사랑하는 이유는 세로토닌을 위한 것이야. 세로토닌을 위한 행동이 자기연민에 사로잡힌 DNA의 망령에서 벗어날 유일한 대안이야. 참, 음악만큼 세로토닌 분비에 도움 주는 것도 없지.”

교수님은 제집 없이 떠도는 첼로를 쳐다보았다.

“첼로는 케이스가 없던데요?”

“내가 제일 아끼는 악기야. 녀석의 집은 여기지!”

이지야 교수는 첼로를 다리 사이에 끼고 활을 들어 켜기 시작했다. 사티의 〈짐노페디(Gymnopedie)〉란 피아노곡을 현악기로 연주하니 기이한 선율이 흐른다.

“워낙에 유명한 곡이니 잘 알지?”

그녀는 버릇처럼 윗입술을 혀로 훑으며 말했다.

"뇌파가 6~12Hz일 때 세로토닌이 분비되기 시작하지. 오래도록 회자되는 작품을 남기고 싶다면 독자의 뇌파를 12Hz에 맞출 수 있도록! 뭐든 대박 칠 테니까."

"음악이나 해당되지, 문예 작품은 힘들지 않을까요?"

이지야 교수는 갑자기 연주를 멈추며 말한다.

"무슨 소리야? 사람들은 책을 펼치는 것으로 10Hz에 빠져들어. 졸린 느낌을 주는 건 그 때문이지. 살짝 흥미로운 이야기라도 독자들은 금세 사랑에 빠져들걸!"

이지야 교수는 다시금 능숙하게 활을 켰다. 처음엔 기묘하다 생각했는데 단순하고도 절제된 선율에 마음이 가라앉기 시작한다.

"짐노페디란 나체의 젊은이들이 춤을 추며 신을 찬양했다고 하는 고대 스파르타의 제례의식이었어. 후에 집단섹스(Group Sex)로 전향하며 스파르타의 전성시대를 이끌지."

"스파르타가 융성할 수 있던 게 집단섹스에서 비롯되었다고요?"

"많은 아이들이 태어나고, 아버지를 알 수 없기에 공동체의식을 공고히 했거든……."

교수님은 묵새기듯 창밖을 응시했다. 나는 목을 쥐는 소극적인 충동을 뛰어넘어 바지를 벗고 그녀의 입술이며 뺨이며, 이마와 코에 성기를 문대고 싶단 거칠고도 적극적인 충동을 느꼈다.

"저……, 교수님."

"응, 왜?"

심중을 꿰뚫어 보는 듯한 그분의 눈빛,

'교수님의 첼로가 되고 싶어요.'

그 말이 굴뚝같지만 정작 속내를 밝혔다간 평생의 부끄럼으로 남을 것이란 예감이 팽배하다.

"인생의 터닝 포인트로 삼으려고요."

"그게 무슨 말이야?"

막상 무슨 말을 해야 할지! 아무 말이나 지껄이는 식으로 나는 말했다.

"여 …… 여태까지 나의 인생은 DNA가 결정지었어요. 앞으로는 도파민에 굴복하지 않을 거예요. 세로토닌을 기반으로 나다운 DNA를 조합하며 내 인생을 만들어 갈 거예요."

"와우, 굉장한 생각이네!"

대단하다는 반응을 보이긴 했지만 교수님의 표정이 미묘했다. 마치 교과서를 잘도 외우는 초등학생을 보며 '참 잘했어요!' 별 다섯 개 도장 찍어주는 보육교사의 눈초리…….

"이키, 시간이 벌써 이리 되었네?"

그분은 벽장의 시계를 확인하며 뭔가에 쫓기는 표정으로 말했다.

"빨리 나가자! 부학장이 올 시간이야."

그새 시간이 많이 흘렀는지 짙은 황토색 소나무가지가 푸르죽죽한 빛을 띠고 있었다.

첫 통화

하루를 정리할 겸 후비에게 전화를 걸었다.

"어때, 할 수 있겠어?"

낮에 이지야 교수가 제안한 것에 대해 물었다.

"아무래도 힘들 것 같아. 넌 어때?"

"당연히 해야지. 좋은 기회인데!"

"네 전공도 아니잖아?"

"창작에 전공이 어디 있어."

후비는 작심한 듯 묻는다.

"이지야 교수와 섹스 얘기 했어, 안 했어?"

"살짝……."

"했어?"

"학기 중에 강의가 취소되는 건 흔한 일이 아니잖아?"

"그래서 했구나?"

"뭐 그리 중요한 일이라고 꼬치꼬치 캐물어?"

후비는 진지한 목소리로 되받는다.

"내가 얼마만 한 확신을 가지고 네게 다가가는지, 알지 못하지?"

그녀의 말의 강도와 의미가 남다른 건, 노트에 필기할 필요성마저 강하게 느꼈다.

"네게 말했던 어릴 적 기억, 디테일이 생각났어."

"어떤 기억?"

"뱀을 보았던! 언니가 구멍을 뚫었던 게 아니야. 그날은 문이 열려 있었어. 우린 베란다에 몰래 숨어 들어가 창틈으로 엿보았던 거야."

"어찌 되었든 같은 기억이잖아?"

"어떻게 그렇게 말할 수 있어?"

"조금 달라도 어차피……."

"언제든 도망갈 수 있는 열린 공간이 아니야, 평소처럼 시시덕거릴 수 있는 분위기도 아니지. 갇힌 공간에서 숨죽이며 몰래 엿보았던 거야."

그 순간, '디테일은 모든 것이다'라는 전공학과 교수님의 말이 생각났다. 환상의 뱀을 목격한 디테일은 후비의 삶에 어떤 의미를 만들고, 또 어떤 미묘한 영향을 끼쳤을까!

"넌 상상에 빠지지 않고 괜찮았어?"

멈춰 있던 톱니바퀴가 가까스로 돌아가는 감각이 들었다. 씨름선수 풍채 같던 콘트라베이스, 손이 필요하여 교수님을 부르려는 순간, 창고에 쪼그려 앉은 교수님의 뒷모습, 가까스로 시선을 거두어 악기를 케이스에 집어넣었는데, 처음엔 엄두도 나지 않던 그것을 어떻게 혼자서 흠집 내지 않고 집어넣을 수 있었을까!

"교수님이 첼로를 연주해 주었어. 곡 이름은 모르지만 세로토닌이 분비될 정도로 참 좋았어."

"세로토닌?"

"도파민보다 우월한 신경전달물질이야. 아름다운 음악을 듣거나 흥미로운 이야기를 발견하면 우리 몸에서 일어나는 생화학반응이지."

"지금 말 이상하게 하는 거 알아?"

"내게 덧씌운 패턴을 벗어나고 싶었는데 잘 됐네."

"도대체 왜 그래?"

"섹스를 한 것도 아니고, 얘기 조금 한 것 가지고 너야말로 왜 그러는데?"

전화가 일방적으로 끊겼다. 도대체 무엇이 문제일까! 빈정거리는 인사말처럼 도남이 문자를 건네 왔다.

'여전해? 자전거는 잘 있고?'

도남은 늘 내 주변을 맴돈다. 녀석에게 전화를 걸어 바라던 바를 말했다.

"소개해주고 싶다는 술집 어디야?"

"지금 거기 있어."

"혼자?"

"웅! 왜 아니겠어?"

"그 많은 여자들은 어쩌고?"

"난 여자만큼 고독을 즐겨. 어쩌면 그 이상일 수도 있지."

도남의 말에 헛웃음이 나는 건, 무모한 치기와 진지한 웃음, 가벼운 광기의 캐릭터, 다만 소설 속 인물과는 다르게 현실 속 인물은 종잡을 수 없다는 거.

술잔을 마주하고 도남이 말했다.

"스포츠카와 캠퍼스, 클럽과 여자, 그리고 알코올! 그거면 젊음이 충분하지 않아?"

도남은 이미 거나하게 취해 있었다. 계절에 어울리지 않게 비니 모자를 썼는데, 왠지 묘한 상상을 불러일으킨다.

"그걸 다 하면서, 뭘 그리 고독을 흉내 내냐?"

녀석은 같잖다는 듯 웃었다.

"넌 하나도 못하잖아?"

"나 좋아하는 사람 생겼어. 그것도 두 명이나!"

도남은 술이 깬 표정으로 두 눈을 동그랗게 떴다.

"정말? 그녀들도 네가 좋대?"

"섹스 얘기도 스스럼없이 꺼내!"

"정말?"

녀석은 이내 평정을 되찾고 너스레다.

"나 어제 클럽에서 두 명 꼬셨다."

"전에 여자는 어떻게 하고?"

"……."

녀석은 답이 궁한지 창밖에 보란 듯이 주차해놓은 자신의 스포츠카를 가리켰다.

"인어공주, 색칠 좀 했는데 어때?"

도남의 스포츠카는 붉은색에서 짙은 와인색으로 바뀌어 있었다. 차체가 납작하고 매끈해서 그가 애칭을 붙인 것처럼 도회적이고 섹시한 인어공주를 연상케 했다.

"이 상태로 차 몬 건 아니지?"

"……."

녀석은 머뭇댔다. 국내에서 가장 비싸고 예쁘다는 그의 애마보다 벗의 안전이 염려되는 건,

"죽는다! 내놔."

도남은 순순히 차키를 꺼내 드는가 싶더니 갑자기 술잔에 빠트렸다. 그러곤 잔망스런 아이처럼 웃는다.

"뭐야, 술맛 버리게!"

전자식 차키라 작동하지 못할 게 염려가 되었지만, 도남은 개의치 않다는 듯,

"이번에 대체과목으로 뭐 할 거냐?"

"글쎄, 갑자기 취소되는 바람에……."

"물리학 강의 같이 듣지 않을래?"

"웬 물리학?"

"물질은 함수의 역학관계로 이루어져 있거든. 물질세계에 살면서 기본도 모르면 곤란하지 않아?"

녀석의 머릿속엔 무엇이 들어 어떤 눈으로 세상을 바라보는지 모르겠지만 남다른 탐구심으로 세상을 대하는 태도는 대체로 바람직한 것 같다.

"아서라. 날 둘러싼 꿈의 세계를 감당하는 것만도 벅차다."

누가 새 들을 염려 없이 주점 테이블엔 손님들이 드문드문했고 그나마 호사스런 차양으로 칸막이 되어 있었지만, 도남은 갑자기 소리 죽여 말했다.

"예전에 꿈같은 여자를 만난 적 있다. 클럽에서 춤추다 말고 다가와 은밀하게 속삭이더군! 여자가 뭐라 했냐면……." 도남은

말한다. 마치 귓속말을 전하려던 클럽 그 여인처럼,

“날 진정시켜줄 수 있어?”

“뭐?”

나는 이 대목에서 막걸리 한 사발을 들이켜길 원했다.

“크-”

달콤한 안주를 먹여주려는 것처럼 도남은 숨죽이며 말하길,

“그녀에게 답했지. 클럽 음악소리 때문에 들리지 않았던지 고개를 갸웃거리더군.”

녀석은 팔꿈치로 테이블을 걸어오며 속삭이듯,

“그래서 귓가에 대고 큰 소리로 외쳤지. ‘그곳에 불난 거 같은데 내가 잿더미만 남겨줄게!’”

“뭐? ㅋㅋㅋ”

우린 비밀얘기로 밤을 지새우는 수다쟁이 소녀들처럼 웃었다. 놀이에 열중한 개구쟁이 같은 표정으로 도남이 덧붙인다.

“내 애마와 같은 여자였어. 비싸고 아름다웠지.”

“뭐, 샀어?”

“미쳤냐? 말이 그렇다는 거지.”

도남은 김샌 표정으로 막걸리 담긴 사발을 새끼손가락으로 휘저으며,

“살결이 그야말로 꿈결 같았어. 애무해주는 행위가 그토록 황

홀한 건 처음이었다. 복숭아 과립을 혀로 핥는 느낌? 브라질리언 왁싱을 했는지 털이 하나도 없고…….”

“뭐야?”

“왜?”

기분 나쁜 촉수가 뒷골에 와닿는 느낌, 설마 그 브라질리언 왁싱녀가…….

“에잇, 아니지! 아닐 거야.”

혼자만의 독백에 도남은 눈을 흘기며,

“미쳤냐, 너?”

“아니, 그때의 상황을 네 문학적 기질을 살려서 최대한 꼴리게 표현해 봐!”

‘꼴리게 표현하라!’는 우리의 전공교수님이 입버릇처럼 말하는 것이다. 어떠한 감흥이라도, 어떤 종류의 것이라도 괜찮으니, 설혹 그것이 변태적인 성욕이나 반사회적인 무모한 타락을 부추긴다 하더라도 상관없으니, 거침없이 진솔하게 표현하라고! 다만, 꼴리지 않는 말이라면 일기장에 처박아 두라며…….

“그래, 꼴리게?”

도남은 그 말을 할 때에 전공교수님의 독특한 얼굴표정을 흉내 냈는데 폭소를 금할 수 없었다. 우리들의 떠들썩한 분위기가 부러웠는지, 혹은 미소년을 닮은 도남의 외모에 반했는지 몇몇 여자들이 우리들을 훑듯이 바라보는 게 느껴졌다.

"호텔방을 계속 연장했다. 도시야경이 아름다운 특급호텔이었지만 야경을 본 순간은 기억나지 않아. 대신 지불 명세서가 엄청났지."

"자식, 꼴리게 말하라니까."

계속해서 도남이 쓴 비니 모자가 걸린다.

"근데 머리 안 덥냐?"

"더워. 땀 나!"

"땀까지 흘리며 왜 쓰고 있어?"

상상하던 것이 자꾸만 떠올라 피식 웃음이 터지고 만다.

"왜? 미친 새끼!"

"네가 쓴 게 자꾸만 콘돔을 연상시켜서."

도남은 발끈해서 비니 모자를 벗으며,

"내 머리가 좆대가리냐?"

우리는 서로의 얼굴을 바라보다 누가 먼저라고 할 것도 없이 웃음을 터트렸다. 도남은 눈물까지 흘리며 웃었는데, 엉망인 헤어스타일과는 별개로 그의 얼굴이 숨 막히게 잘생겼다는 생각이 스민다.

술잔을 나누며 어느새 진지한 낯빛이 된 도남이 묻는다.

"냉동인간 될 생각 없냐?"

숨이 턱 막힐 정도로 한숨이 새 나왔다.

"왜 그러냐, 너?"

"아냐, 그냥 말해본 거야."

털끝만큼도 현실감 없는 제안처럼 여겨졌지만, 내심 그의 메타-커뮤니케이션에 대해 심려했다. 도남과는 아무 말이나 막 할 수 있고, 용납할 수 있을 정도를 알지 못할 만큼 넓은 아량과 포용으로 서로를 바라보지만 언제나 관계의 심연을 건드리지 못하고 겉돈다는 인상이 강하다.

"뭐가 문젠데?"

"아냐, 뭐 문제까지……."

그는 발을 뺐고, 나는 내가 한 말을 후회한다. 마치 문제투성이 바이러스를 대하는 듯한 태도와 말투, 도남은 억지웃음을 지으며 말을 돌렸다.

"그리 보니 프랑스 은어 중에 콘돔을 가리켜 여자모자(Capote)라고 하는 게 기억나네."

"남성용 모자가 아니라 다행이네."

"왜?"

"중절모면 어쩌려고? 들어가려다 초입에 걸려서 컥!"

"아, 존나 웃겨!"

도남은 또다시 배꼽 빠지게 웃었다. 웃음에 의한 그의 눈물이 이상하게도 마음에 걸리는 건.

성적 판타지

잿더미만 남겨주겠다고 한 도남의 경험담은 갖은 상상력을 부추기며 꿈에까지 영향력을 행사한다. 나는 소인국의 걸리버가 되어 그들 과학자의 바람대로 실험에 참여한다. 나의 씨를 받고자 하는 소인국의 여자들이 줄 잇고, 정상적인 방법으로 성교가 불가능하니 그녀들은 나의 성기를 둘러싸 온몸으로 문지르며 사정을 강요한다.

유독 빨갛고 앙증맞은 혀로 핥는 여인이 눈에 들어오기에 언뜻 후비를 닮아 살피는 순간, 이지야 교수와 빼닮은 여인이 전신을 드러내며 도도한 걸음새로 걸어온다. 그녀는 자기 몸통보다 큰 나의 성기를 가소롭다는 듯이 살펴보고는 따귀 때리듯 세게 내리쳤다.

아프다기보다는 그녀의 도발적인 행동에 웃음이 나오려는 순간, 이지야 교수를 닮은 그 소인국 여인은 노골적인 자태로 쪼그려 앉는다. 최면이라도 걸려는 듯 쪼그려 앉기를 반복하는 여인의 움직임에 흥분을 참을 수 없다. 때를 같이 해 신전에 모인 열두 명의 여사제들이 손을 맞잡고 일사불란하게 춤을 추기 시작한다. 그녀들의 춤사위에 흥분은 최고조가 되고, 마치 대포가 불을 뿜듯 정액이 발사된다.

그녀들은 양동이를 들고 흩뿌려진 나의 정액을 둥근 욕조에 모았는데, 여사제는 마치 입욕하듯 그곳에 들어가 사향 냄새에 취한 듯 황홀한 표정을 짓는다.

'아!'

잠을 깨며 젖은 팬티를 확인하는 건 그다지 유쾌한 일이 아니었다. 꿈의 여운이 깊어 한동안 가만히 천장을 응시한다.

'늦었다.'

주말에 하는 아르바이트, 그리 보니 이지야 교수에게 시간조정을 얘기하지 못했다. 10시간 가까이 반복적이면서 지루한 작업 끝에 이지야 교수로부터 연락이 닿는다.

"지금 올 수 있어?"

"네, 마침 일이 끝났습니다."

"주소 찍어줄 테니까 택시 타고 빨리 와!"

택시비가 아까워 대중교통을 이용하며 걷는 길은 뛰었다. 목적지엔 허름한 건물이 하나 서 있었다. 지하로 통하는 길은 마치 은폐된 도박장으로 걸어 들어가는 기분이다.

두 개의 현관문을 지나 가장 안쪽에 있는 문 앞에 서니 저절로 문이 열린다.

"왜 이렇게 늦었어?"

교수님이 있는 곳은 모니터를 통해 건물 안팎을 감시하는 보안실을 연상케 했다.

"죄송합니다. 잔여 일을 마무리하느라……."

"시키는 일은 그대로 따라주기 바라요. 피치 못할 사정 있으면 말해주고."

"네, 알겠습니다."

이마에서 흘러나오는 땀방울이 느껴졌다.

"이리 와서 관찰해요."

이지야 교수는 옆자리를 내어주었다. 여러 개의 모니터에는 사람들이 모여 앉아 얘기를 나누는 장면이 잡혔다. 메인으로 보이는 커다란 모니터에는 진행자를 중심으로 둥글게 둘러앉은 이들의 전경이 보였다. 열댓 명쯤 되어 보였는데 작은 모니터에는 개인의 표정이 녹화되고 있었다.

"모든 기록은 녹화되니 나중에 볼 수 있도록 해요."

교수님의 말씨가 무척이나 사무적으로 느껴지며 등줄기에 땀이 흥건하다. 시간이 지날수록 주변상황이 눈에 들어오기 시작한다. 모니터 안의 인물들이 나누는 얘기가 들리며 진행자의 생김새가 왠지 낯익다.

기억을 더듬어보니 검은 뿔테의 여학생이다. 강의가 취소되었음을 알려주며 첫 키스의 민망함을 면하게 해주었던 그 여학생, 다만 두꺼운 뿔테 안경 대신 핑크빛이 감도는 얇은 금속테 안경을 썼는데 안경 하나만으로 인상이 급속도로 달라져 있었다.

"심미나라고 오랫동안 활동한 조교예요. 심 조교가 하는 얘기 잘 듣고 참조할 수 있도록!"

심미나 조교는 불행히도 열댓 명의 사내들에게 둘러싸여 고전을 면치 못했다. 30~50세 연령대의 아저씨들이 걸핏하면 성적 농담을 걸어오는 통에 비속한 웃음기가 난무했다.

"우리 선생님은 결혼도 아니 한 몸으로 어찌 그 자리에 앉아 산전수전 다 겪은 우리들을 감당하시려 하시요?"

"어떤 산전수전을 겪으셨는데요?"

"수상전은 힘들지, 물 틈으로 들어가면 이게 묵사발에 하는 것 같은 느낌이야."

젊은 측에 속하는 누군가 농을 이어받는다.

"욕실에서 하면 수상전으로 인정해줘야 하지 않나요?"

심리치료는 안중에도 없는 듯 그들은 웃고 떠드는 것에 여념이 없었다. 이지야 교수가 마이크에 대고 말했다.

"심 조교, 이제 캐릭터를 잡아. 너무 끌려갔어."

심 조교는 고개를 살짝 끄덕여 보였다. 귀에 꽂은 인이어(In-ear) 폰을 통해 교수님의 말을 전달받는 것 같다. 그때 누군가 물었다. 질문은 진지했지만 말투엔 장난기가 역력하다.

"선생, 섹스 후에 극도의 허무감은 무엇 때문이오?"

"짐승처럼 뒹굴어서 그래요."

"네?"

질문자의 얼굴엔 당혹감보다 짙은 불안이 배어 있다. 심 조교는 천연덕스러운 말투로 답했다.

"여성의 오르가슴을 그래프로 그리면 완만한 언덕을 나타냅니다. 남성의 것은 보다 드라마틱해서 뾰족 첨탑을 그리죠. 우리 몸은 균형 맞추려는 노력을 하기 마련이에요. 신체는 과도한 스트레스 못지않게 버거운 쾌감을 경계합니다. 섹스행위 중에 도파민을 과다생성한 몸은 발 빠르게 스트레스성 신경물질을 분비하죠. 그렇지만 성행위의 대상이 사랑하는 이라면 이야기가 달라집니다. 세로토닌이란 각성상태의 신경물질이 지배하고 있는 상태이기 때문에 스트레스가 파고들 틈이 없죠."

분위기가 사뭇 진지해졌다. 여전히 장난기를 포기하지 못한 서너 명의 아재들이 있었지만, 자신이 섹스중독 증상을 보이는 것에 심각성을 깨달은 이들이 고민을 토로하는 시간이 이어졌다. 시간을 체크하던 교수님은 상담실 안으로 종료를 알리는 시그널을 던졌다.

'딩동댕!'

심 조교가 간단한 안내사항을 전달하는 것으로 집단상담의 종료를 알렸다. 일어서는 이들의 면면을 살폈다. 말하지 못한 저마다의 사연이 있는 듯 아쉬움 가득한 얼굴표정이다.

사람들이 다 빠져나가고 이지야 교수와 나는 심 조교가 있는 방에 들었다.

"수고했어."

방금 마라톤이라도 완주한 사람처럼 심 조교는 몹시도 지쳐 있었다.

"어때?"

"재미있네요."

상담실 내부는 모니터로 볼 때와는 다르게 아늑하다. 바닥엔 차분한 느낌을 주는 녹색 양탄자가 깔려 있고 천장도 막힘없이 뚫려 있어 시원한 느낌을 주었다.

"인사해. 팀에 새로 합류한 기성후야. 내일 B팀을 맡을 거야."

심 조교는 나를 보며 활짝 웃었다.

"흑기사군요!"

"네?"

미소 띤 얼굴로 교수님이 묻는다.

"무술 좀 해? 만에 하나 경호해줄 이가 필요한데!"

"무 …… 무슨 말씀인지?"

그때, 누군가 문을 열고 들어왔다.

"엇, 선생님들 계셨네요?"

모임에서 장난기가 가장 심했던 50살쯤 되어 보이는 아저씨, 그의 대머리가 수줍음에 번들거렸다.

"두고 온 물건이 있는 것 같아서……."

"잠깐 살펴보세요."

"아 …… 아니요, 잃어버린 줄 알았더니 여기 있네요."

그는 자신의 안주머니를 뒤적거리며 문을 닫고 나갔다. 건성이라도 좋으니 한번 살펴보고 갈 것이지, 난 충직한 사냥개처럼 으르렁거렸다.

"저토록 얕은꾀를 쓰다니!"

또다시 심 조교가 웃는다. 그제야 날 바라보는 두 여인의 시선을 이해할 수 있을 것 같다. 불청객이 다시 한 번 문을 두드렸다.

"저, 선생님! 괜찮으시다면 자리 함께 하시겠습니까?"

"당분간 사모임이나 술자리는 안 된다고 말씀드렸잖아요."

"그 …… 그래도, 멀리 제주에서 온 사람도 있고."

"규칙을 따라주세요."

"그 …… 그렇지요? 오늘 감사했습니다."

대머리 아저씨는 꾸벅 인사하고는 방을 나갔다. 그의 꾸부정한 뒷모습을 바라보며 이지야 교수가 채근하듯 말한다.

"내담자는 연민의 대상이기도 하지만 경계의 대상임을 잊어선 안 돼!"

"내담자요?"

처음 듣는 단어에 이목이 끌리는 건,

"저들을 환자나 섹스중독자로 대하는 건 금물이야. 우린 내담자 중심요법으로 접근할 거야."

"그건……."

무지를 탓해야 하는 순간은 곤욕임이 틀림없다. 심 조교가 친절하게 설명했다.

"비지시적 요법이라고도 해요. 환자를 설득하지 않고, 스스로 자신의 문제를 깨닫고 장애를 극복할 수 있도록 이끌어주는 심리 요법이에요."

"성후는 심 조교한테 배울 게 많네!"

이지야 교수가 장난스러운 말씨로 덧붙였다. 그러더니 금세 엄숙한 표정으로……,

"단어 하나에도 신경을 써야 해. 중독의 모든 증세는 의존이에요. 처음엔 가볍게 의지했던 것에 점점 강도와 빈도를 더해가고 결국 그것 없이는 견딜 수 없는 지경에 이르게 되지."

어디선가 은은한 아로마 향이 풍겼다. 방 안에 들자마자 아늑한 느낌을 주던 향기가 실은 심 조교의 몸에서 나는 향내임을 깨달았다.

"교수님, 저 흠뻑 젖었어요!"

"갑자기 그런 말로 훅 치고 들어와?"

"수분 보충을 해야 하는데……."

죽이 잘 맞는 친구처럼 이지야 교수가 맞받아친다.

"시원한 물 마시러 갈까?"

의존증

오래도록 그녀를 지배한 갈증에서 벗어난 것에 청량감을 느꼈는지, 심 조교는 거듭 잔을 부딪치며 맥주를 들이켰다.

"환영해요. 그리고 명심하세요. 우리가 찾으려는 건 해답이에요."

테이블을 사이에 두고 교수님과 마주 보며 심 조교와 나란히 앉았는데, 사람의 땀 냄새가 이렇듯 향기로울 수 있다는 걸 처음 깨닫는다.

"해답이라뇨……?"

"심리 치료의 모든 것엔 정답이 없어. 우리가 찾으려는 건 정답 아닌 해답이야."

말하는 이지야 교수의 윗입술이 미묘하게 치솟았는데, 미소엔 당당함과 자신감이 배어 있었다.

"아는 게 없는데 제가 해낼 수 있을까요?"

“중요한 건 기질이야. 남을 이해하려는 태도, 열정, 호기심, 그리고 휴머니즘!”

심 조교가 웃음을 터트리며 끼어든다.

“저와 같은 경로를 걷네요. 5년 전 교수님이 제게 똑같은 말을 하셨죠.”

“심 조교는 석사 끝내고 박사에 도전할 거야.”

“어서 방 빼라는 소리로 들리네요.”

“다 컸으면 날아가야지!”

교수님은 다른 초점의 화제에 대해 이야기 꺼냈다.

“성범죄의 책임은 개인보다는 사회에 있어. 제대로 된 성관념을 심어줘야 하는데 그렇게 하지 못한 책임이거나, 설혹 약간 비뚤어져도 사회가 그것을 바로잡아 줘야 하는데 방치하다가 결국 성범죄자를 양산하지.”

벌써 술기운에 사로잡혔는지 말의 앞뒤가 맞지 않았지만 교수님은 신념을 밝히기에 여념 없다.

“하여튼 공무원들이란, 영혼 없는 족속들! 성 상담이나 치료체계, 제대로 잡혀 있는 게 하나도 없단 말이지.”

이지야 교수의 캐릭터는 이로써 분명해졌다. 도도하며 지적인 섹시함, 약간의 인간적인 털털함, 그리고 공무원들에 대한 뿌리 깊은 불신을 가지고 있다는 거.

"좋은 공무원도 있지 않겠어요? 제 아버지도 공무원입니다만……."

"공무원을 탓하는 게 아니야. 그들의 관료주의적인 태도를 탓하는 거지. 임무를 다하면 책임을 다한 줄 알아."

심 조교가 상냥한 투로 말했다.

"교수님은 오래전부터 주장해왔어요. 각종 관공서에 투서한 게 수백 통은 될 거예요. 다행히 우리나라도 성 상담치료에 대한 필요성을 느끼고 있어요. 하루는 지역 경찰관이 찾아와 성범죄 예방에 대해 물은 적도 있죠."

"그런데 예방할 수 없다는 거!"

"왜죠?"

"수도관을 움켜쥐는 것과 같아."

"네?"

"단지 포장하는 것에 불과한 미봉책을 근본적인 해결책으로 삼으려 하면 언제든 문제가 일어나지 않겠어? 어느 한 곳을 움켜쥐면 다른 곳이 터지기 마련이지."

이지야 교수의 심중을 대변하려는 듯 심 조교가 부연한다.

"섹스 의존증은 남성보다 여성들이 더 많아요. 대부분이 어린 시절 친아버지 혹은 양아버지로부터 성적 학대를 받았거나 뭇 사내에게 강간을 당한 경우죠."

빈 맥주잔을 흔들며 이지야 교수가 입을 열었다.

"문제는 이런 여성들이 그대로 방치되어 있다는 거야. 심리상담 치료가 절실하지만 폐쇄적인 사회분위기 때문에 은둔 생활을 강요받고 있지."

섹스 의존증을 안고 있는 여성들의 이야기에 왠지 강한 호기심이 일었다.

"우리 프로젝트에는 여자 신청자가 많나요?"

"남자 신청자들의 절반에도 미치지 못해요."

이지야 교수는 진지한 낯빛으로 색다른 화제를 꺼내 들었다.

"포르노 즐겨 봐?"

"네?"

"즐겨 보냐고, 포르노?"

"그게 …… 취미생활 정도는 아니에요."

"그룹으로 하는 거 좋아하나? 이를테면 여자 한 명이서 여러 명의 남자들에게 둘러싸여 하는 거!"

"그 …… 그게."

목구멍에 침이 힘겹게 넘어가며 두뇌 어딘가에 얼음이 박힌 것 같다.

"포르노에 출연하는 여배우들은 섹스 의존증 환자야. 그녀들의 인상만 봐도 알 수 있지. 예쁜 얼굴에 가련한 눈빛! 포르노 배우 한 명에게 얼마나 많은 성폭력과 유아 성도착 환자들이 달라붙어 있는지 알아?"

어쩐 일인지 지난밤 보았던 포르노클립 한 장면이 떠오른다.

"욕구가 넘쳐서 도 넘는 행동을 하는 게 아니고요?"

교수님은 혀를 차며 답했다.

"여성은 자기 몸을 자신만큼이나 소중하게 여겨! 카메라에 공공연히 성기를 드러내는 것 자체가 용납할 수 없는 일이지."

예기치 못한 말에 대꾸할 말을 찾지 못했다.

"그래도 어쩌겠어? 남성들의 성적 불만족을 대리 역할로 풀어준다고 하면 그들도 보람을 느낄 거야."

심 조교는 안경케이스를 꺼내 핑크색 금속테 안경을 집어넣으며 말했다.

"남성과 달리 여성 내담자들 대부분은 성폭력 피해자들이고 자신의 몸을 함부로 다루어야 직성이 풀리는 정신병적 성향이 짙어요. 자존감이 매우 낮으며, 자신은 섹스를 할 때만 남들에게 필요한 존재라는 인식을 가지고 있지요."

이지야 교수가 덧붙인다.

"성적 만족은 머나먼 이야기야! 불특정 다수와 섹스를 계속함으로써 자신의 몸과 마음을 학대하는 자학 행위에 가깝지."

별생각 없이 접했던 포르노클립 영상들이 영사기를 돌다 끊어

진 필름처럼 공중에 흩뿌려지는 것 같다. 이지야 교수는 갑자기 진지한 낯빛으로……,

"미래에는 인간이 감각을 심으려 할 거야. 미뢰나 성감대를 이식해서 맛이나 쾌감을 보다 지속적으로 강렬하게 느끼려 하지 않겠어?"

"네?"

경우에 따라선 진지한 과학적 예견으로 받아들여질 수 있겠지만 뭐라 말할 수 없는 엉뚱함, 특히나 더없이 진지한 교수님의 얼굴표정에 폭소가 터져 나왔다.

"하하하, 호호호!"

한바탕 웃음을 터트리고 나서 우린 잔을 부딪쳤다. 지속적으로 심 조교의 몸에서 은은한 아로마 향이 풍긴다.

세 갈래

강한 동지애와 어렴풋한 사랑의 그림자, 배꽃에 둘러싸인 듯 심 조교의 미소가 청순하고, 흑장미의 기품을 담은 듯 이지야 교수의 눈빛이 고혹적이다.

"성후 씨는 집이 어디예요?"

그림 같은 집이 있다면 이들을 초대해 온밤을 지새우고 싶다는 충동이……, 원룸 고시원에 있는 걸 잘 아는 이지야 교수가 말허리를 잘랐다.

"왜? 알려주면 가려고?"

"어머! 교수님, 짓궂기는!"

"오늘은 안 돼. 성후는 할 일이 많거든."

"무슨 말씀인지?"

"메일 확인 안 했지? 어서 가봐."

이지야 교수는 작별을 강요했다. 심 조교의 눈빛에도 나와 같은 아쉬움이 역력하다. 귀갓길에 메일을 확인하니 20~30대 남성, 섹스 의존증세를 보이는 이들이 직접 작성한 동의서와 신청서가 보였다. 특이한 것은 10대 고교생이 있었는데, 부모 동의서가 포함되어 있었다. 간단한 인적사항과 함께 언뜻 구구절절한 사연을 담은 자기소개서도 눈에 띈다.

'섹스에 중독된 나 자신을 죽이고 싶습니다. 자해행위는 매일 반복되는 일이에요.'

나는 매일 반복되는 행위가 자위가 아닌 자해라는 말에 주목했다. 술자리에서 이지야 교수가 했던 말이 떠오른다. 여성은 자기 몸을 자신만큼이나 소중하게 생각한다는 말, 남성 입장에선 충격적인 말이다! 남자는 자신의 몸을 일종의 도구로 여긴다.

어쩌면 남자는 근본적으로 불행하다. 자신의 몸을 남들과의 경쟁에서 뒤처지지 않기 위한 힘의 도구로 바라보고 있다. 원시부족사회에서부터 타 부족의 침략과 전쟁에 대비해온 유전자, 경쟁에서 살아남기 위한 발버둥의 역사를 DNA에 고스란히 물려받아 자신의 몸을 싸움과 힘의 도구로밖에 인지하지 못하는 것이다.

나는 떠오르는 생각을 적기 위해 노트를 펼쳤다.

'여성은 꽃이기에 가꾸는 것에 관심 있고, 남성은 몽둥이기에 권력을 원한다'

글에 마침표를 찍기도 전에 도남에게서 연락이 닿는다.

"내가 준 자전거는 잘 있냐?"

녀석의 말소리는 술기운에 흐트러져 있었다.

"글쎄, 잘 받은 걸까! 의문이다."

"선물 받아도 불만이냐?"

도남의 말에는 뜨끔한 무엇이 있었지만 태연한 척,

"넌 왜 항상 불만이냐?"

"지랄! 난 미성년자일 때부터 빌딩이 다섯 채였다."

"좋겠다. 지금은 화려한 스포츠카도 있어서."

녀석은 갑자기 한숨을 토해냈다. 가만히 그가 말할 때까지 기다린다.

"고독이란 혼자 투쟁하는 것이며, 외로움이란 홀로 남겨지는 것이다. 친구야, 난 외롭지도 고독하지도 않아!"

그가 느끼는 뿌리 깊은 허망함이 어디에서 기인하는지 알지 못한다. 다만 젊은 날의 우리에겐 부정하려 해도 할 수 없는 몇몇 뚜렷한 원인이 있다.

"여친과 헤어졌냐?"

"떠나고 나니 알겠다. 다시 그 풍만한 젖가슴에 얼굴을 묻을 수 있다면!"

"고기 먹은 놈이 쫄쫄 굶는 사람 앞에서 한탄이네."

"연애가 고기냐?"

녀석의 말에 헛웃음이 터진다. 수화기 너머 녀석도 한동안 웃더니 대뜸,

"술 한잔 하자!"

"이제 알바 끝나고 집에 가서도 할 일이 태산이다."

"네가 괜찮다면 그 알바비 내가 계산해줄게."

"미친놈, 그만 퍼마시고 집에 가라."

나는 취중에 운전하는 버릇이 있는 도남이 염려되었다.

"대리운전 부르고!"

"간섭 마라. 맨날 초대에 불응하는 놈이……."

전화를 끊으며 발걸음을 옮기려는데, 텅 빈 공간에 아지랑이처럼 후비가 떠오르는 건, 자전거 페달을 밟고 지나쳤던 벚꽃잎의 화려한 자태, 나른한 봄날, 그녀의 아름다움에 매료되었던 순간…….

스탕달은 말했다. 섹시하다고 느끼는 것은 그 사람의 세계관이 마음에 든 것일 수 있다고! 그가 남긴 어정쩡한 말이 혼란한 마음을 더욱 어지럽힌다. 벚꽃은 아름답고, 배꽃은 평온하며, 흑장미는 고혹적인 걸……!

제2부

섹스의 중력

밀실

인간은 사회와 제도가 원하는 똑똑하고 강인한 인재라는 이상을 위하여 어릴 때부터 똑똑해지려고 두뇌 근육을 키우고, 시시때때로 몸의 근육을 키우며, 근육질의 신체와 뇌를 완벽한 아름다움의 표본으로 삼는다.

문제는 외부에서 주어진 것만으로도 벅찬데, 그리 심어진 왜곡된 이상을 체제에 길들여진 자아마저 선망한다는 것이다. 그렇다면 사회가 이상형으로 삼는 인간상은 훌륭할까!

훌륭한 인간은 행복할까? 그전에 훌륭한 사람은 누굴까?

만약 훌륭한 사람이란 기준을 마련할 수 있다면 이지야 교수의 말에서 찾아볼 수 있을 것이다. DNA의 도파민에 굴하지 않고 세로토닌을 위해 자기희생마저 기쁘게 받아들이는, 요컨대 도파민형 아닌 세로토닌형 인간!

그렇지만 우리들의 하루는 도파민도, 세로토닌도 분비되지 않는 덤덤한 일상일 경우가 많다. 그저 아르바이트하는 시간이 덧없이 흐르고, 틈틈이 이지야 교수가 보내온 내담자들의 신상을 파악하며 느지막한 시간을 맞았다.

"너 요즘 일할 마음 없니?"

잔소리에 능한 점장에게 잘려도 시원찮을 법한 양해를 구하며 오늘의 프로젝트를 향해 달린다.

"일찍 왔네. 어제 심 조교가 하는 얘긴 들었지?"

빈틈없는 사람처럼 이지야 교수가 먼저 와 있었다.

"모임엔 규칙과 정체성이 있어야 해. 정해진 규칙을 엄격하게 전달할 수 있도록!"

"그런데 제가 잘……."

말을 완성하기도 전에 십분 이해한다는 표정으로 이지야 교수는 고개를 끄덕였다.

"그저 평범한 수다모임에서 진행을 맡는다고 생각해! 내담자들은 자기와 같은 고민을 안고 있는 사람들끼리 이야기를 주고받는 것으로 이미 치료가 진행되는 거야."

벌써부터 몇몇 내담자들이 방에 들어와 자리를 잡고 앉기 시작했다. 특히나 주의를 끌던 10대 고교생이 후줄근한 운동복차림으로 들어오더니만, 오만상 찌푸린 표정으로 의자에 풀썩 앉는다.

"교수님, 저 학생은……?"

"PC에 게임과 포르노가 넘쳐난다고 부모가 보낸 경우야. 어쩌면 저 나이 학생들의 통과의례일지도 모르지……."

"이런 모임에 괜찮을까요?"

"어쩔 수 없었어. 저 학생의 부모가 정신과 의사협회 부회장이란 말이지."

그의 신상명세를 훑던 이지야 교수는 쓴웃음부터 뱉었다.

"그런데 후비는 어떻게 되었나요?"

"못한다고 연락 왔어. 아무래도 전공 때문에 힘든가 봐."

문득 우리들은 다른 관심사를 가지고 각자의 공간, 서로가 서로에게 이질적인 세계에서 살아가고 있다는 낯설고도 외로운 감각이 스친다.

"그럼 빈자리는 어떻게?"

"걱정하지 마. 내일은 여성들 모임이니 나올 필요도 없어."

"저도 보고 싶은데요."

"뭘 보아?"

"여성들 모임……."

이지야 교수는 완고하게 답했다.

"그건 안 돼."

"남녀 간의 차이를 알아야 보다 잘 이해할 수 있지 않을까요?"

한결 부드러운 어조로 교수님이 덧붙였다.

"일단 자기 일에 집중해. 해결하려 들지 말고 주의 깊게 경청해. 조금이라도 애매하다 싶으면 다른 사람의 의견을 물어보고!"

상담 시작이 임박해 교수님은 침이 마른 사람처럼 빠르게 말했다. 윗입술을 혀끝으로 살짝 훔쳤는데 경우에 따라선 유혹하는 모습처럼 비친다.

"'섹스'나 '성기' 같은 직접적인 언급은 피하는 게 좋아. '레몬'을 떠올리는 것으로 입안에 침이 고이듯이 조건 반응을 불러일으키거든. 무엇보다 속단은 금물이야. 우리 뇌는 3초 만에 판단하고, 그 후론 아무 망설임 없이 속단하지. 상담자는 3초의 법칙을 깨야 해. 항상 전방위적으로 사고하고 내담자의 말, 사소한 실마리라도 그 이면에 숨겨진 속뜻을 읽어내야 하지."

"음……, 글의 행간을 읽어내는 것과 마찬가지군요."

"뭐, 말하자면!"

정한 시간이 다 되어 상담실로 향하는 발걸음이 떨렸다. 자그마한 밀실 문을 열고 나가려는데 교수님이 마지막 유언처럼 말한다.

"심리상담의 일원칙! 문제를 해결하려 들면 꼬일 것이고, 이해하려 하면 저절로 풀릴 것이다."

나는 고개를 끄덕이며 문을 나섰다. 무리에게 다가가자 '너는 왜 거기에서 나오냐!' 벌써부터 핀잔 섞인 표정이다. 대열을 동그랗게 만들 걸 요청하며 자기소개를 했다.

"안녕하세요. 저는 기성후라고 합니다."

귀에 꽂은 인이어 폰에서 여교수의 숨결이 느껴졌다. 나는 이 상황이 몹시도 섹시하다는 인상을 받는다. 고루한 일상의 벽에서 벗어나 비로소 숨 쉬고 있다는 생동감이 느껴졌다.

"여러분은 현실에서 격리된 다른 공간에 와 있어요. 이곳에선 편견도 없고 잘못을 꾸짖는 이도 없고, 심지어 잔소리 들을 필요도 없지요. 세상의 이름도 잊습니다. 모두 새 이름을 지어보세요."

내담자들은 앞서 받은 명찰에 새로운 이름을 적기 시작했다. '원조BTS'라고 이름을 내건 이가 있기에 궁금해서 물었더니, 자신의 이름이 '배태식'이라 한다. 불만에 찬 10대 고교생은 '병재'라는 이름을 그대로 쓰길 고집했다.

녀석을 위해 친절한 설명을 곁들일 필요가 느껴졌다.

"우리는 태어나면서부터 이름 붙여졌지요. 그 이름을 원할 수도 있지만 오늘만큼은 자신에게 새 이름을 지어보세요!"

"현실의 이름을 두고 굳이 다른 이름을 쓰는 이유가 뭐예요?"

따져 묻는 투가 역력하다. 녀석의 험궂은 표정이 여간 신경 쓰이는 게 아니나 매끄러운 진행을 위해 평정심을 유지했다. 자신을 '장군'이라 불러주길 원하는 30대 남성이 맨 먼저 입을 열었다.

"저는 멀리 삼척에서 왔습니다. 하루에 열 번 이상 섹스하지 않으면 안 됩니다."

어떻게 하루에 10번을? 일원칙을 상기해냈다.

"왜 안 된다고 생각하십니까?"

"그걸 몰라 묻는 거요?"

장군은 눈을 희번덕이며 되물었다. 그의 액션에 첫 단추부터 잘못 끼웠다는 생각에 눈앞이 아찔하다.

"질문이 잘못되었다면 죄 …… 죄송합니다."

"죄송할 것까진 없고요. 그러고 보니 딱히 이유가 없는 것 같더래요."

장군은 호탕하게 웃으며 지방 특유의 사투리를 썼다. 그를 따라 내담자들 몇몇이 따라 웃기 시작한다.

"그래도 삼척이 나보다는 나은 것 같소. 전 하루에 스무 번을 해야 합니다."

"네에?"

웃음이 멈추며 여기저기서 탄성소리가 들렸다. 심지어 그의 희망이름도 '20번'이다. 도대체 어떻게 하루에 10번이고 20번을? 벌써부터 일원칙이 흔들리기 시작한다.

혹시 이들은 초능력자들이 아닐까! 고개가 절로 떨궈졌다.

"20번을 못 채우면 어떻게 되는 겁니까?"

"제가 어떻게 될 것 같습니다."

"어떻게 되다니요?"

"말 그대로 뇌 …… 내가 어떻게 될 것 같다고요."

"뇌가 어떻게 된다고요?"

"내가, 나 자신이 어떻게 될 것 같다고!"

답답하다는 듯 그가 부연했다.

"선생님은 길을 가다 횡단보도 줄을 밟지 못하면 어떻습니까?"

선생님이라 불러준 건 고마운 일이지만 언뜻 그의 말뜻을 알아들을 수 없다.

"네? 줄을 왜 밟아야 하나요?"

불만 많은 고교생, 병재가 진지한 낯빛으로 끼어든다.

"전 줄을 밟으면 안 돼요. 줄 없는 발판만 밟아야 해요."

병재의 태도가 내내 못마땅했는지 장군이 핀잔 넣는다.

"봐라. 줄 쪼금 밟는다고 죽나?"

20번이 점잖게 대꾸한다.

"삼척, 줄 밟는 게 문제가 아니라 줄 자체가 문제요."

"당최 줄이 뭐시 중하기요? 그러고 자꾸 삼척, 삼척 하는데 나는 장군이요."

순식간에 파가 나뉘었다. 줄 밟으며 길을 걸어야 한다는 쪽과 줄은 밟지 말아야 한다는 쪽, 그리고 줄을 밟든 밟지 않든 일상생활에 아무 지장을 주지 않으니 상관없다는 쪽으로 나뉘어 마치 패가 갈린 물고기 떼처럼 기묘한 활기를 띠기 시작했다.

"도대체 줄 밟고 안 밟고가 왜 그리 문제죠?"

"줄이 있어 세상이 나뉘는 것 아니오?"

20번의 말이 기묘한 궤변처럼 느껴지는 건,

"그 …… 그건 무슨 말이지요?"

"줄이 그어짐으로 인해 이편저편으로 나눠지는 거 아니오. 나는 어느 한 편을 택할 수밖에 없는 거고!"

뫼비우스의 띠에 발 들여놓은 것 같은 오묘한 감정이 스민다. 이 순간만큼은 뒤편 작은 방에서 이 모든 상황을 지켜보고 있을 교수님의 얼굴표정이 궁금하다.

인이어(In-ear)

열띤 토론이나 진지한 상담치료와는 거리가 멀었다. 상담실은 북새통 이룬 시장바닥만큼이나 북적였고 이야깃거리는 종잡을 수 없었다. 섹스하면 남자가 더 좋냐, 여자가 더 좋냐! 하는 질문에서부터 누군가 바바리맨이 되고 싶은 충동을 느꼈던 순간을 토로하기도 했다—그는 실제로 바바리맨이었던 것 같다!

나는 입버릇처럼 "이것에 대해 달리 생각하시는 분 있나요?"라며 되묻는 일을 했다. 병재가 포르노가 왜 나쁘냐고 묻기에 간신히 발언권을 획득할 수 있었다.

"포르노가 문제가 아니라 포르노를 대하는 태도가 문제예요. 누구나 포르노를 보고 싶어 하죠. 우리가 좀 더 솔직하고 열린 마음을 갖는다면 기존에 나쁘다고 생각했던 것들이 사실은 유해할 것 없으며, 저마다의 의미가 있다는 걸 받아들일 수 있을 겁니다."

예전에 읽었던 이지야 교수의 칼럼이 많은 도움이 되었던 건 부정할 수 없다. 예기치 못하게 삼척, 아니 장군이 지나가듯 말하는 소리에 불똥이 튄다.

"그래서 포르노가 의미 있다?"

"포르노가 의미 있다는 것이 아니라……."

뇌의 어느 부위에 마비가 온 것처럼 무슨 말을 어떻게 해야 할지 갈피를 잡지 못하겠는 건, 원조BTS가 교통 정리하는 순경처럼 말했다.

"포르노가 문제가 아니라 포르노를 대하는 우리들의 태도에 문제가 있다 하지 않았소?"

"그래서 포르노는 문제없다?"

마치 이 모든 상황이 기묘한 말꼬리 잡기 놀이처럼 느껴진다. 그때, 샘물터에 맑고 고운 한 방울의 물이 떨어지는 소리처럼 신선한 종소리가 울렸다.

"자, 오늘은 이것으로 마무리하겠습니다."

"이보쇼, 마무리는 해야 하지 않소?"

"나누지 못한 이야기는 다음 시간에 하겠습니다. 기존에 나쁘다고 느꼈거나 그릇되다! 못 박은 것에 대해 다시 한 번 생각해 보시길 바랍니다."

장군은 껄렁한 태도로 일어났다. 몇몇은 만족스런 눈빛도 보였지만 대체적으로 정신없고 다난하다. 심 조교가 상담을 종료하고 "흠뻑 젖었어요"라고 했던 말이 괜한 소리가 아니란 걸 알았다. 겨드랑이고 등줄기고 땀이 흥건하고 팬티까지 축축하게 젖었다.

"수고하셨어요."

예상치 못하게 병재가 꾸벅 인사를 했다. 쭈뼛거리는 태도가 뭔가 할 말이 있어 보였지만, 한 무리를 형성하고 다가오는 20번에 의해 뒤로 물러난다.

"재미있었소. 한잔하러 가지 않겠소?"

비로소 내담자들 사이에서 훈훈하면서도 가벼운 대기가 느껴졌을 땐 공허를 채우는 보람과 함께 약간의 동질감이 느껴졌다.

"당분간 사모임이나 술자리는 안 됩니다."

그들은 아쉬운 표정으로 문을 열고 나갔다. 사람들이 다 빠져나가고 이지야 교수가 밀실 문을 열고 나타났다. 인이어 폰을 빼내는 손이 부들부들 떨린다.

"엉망이었죠?"

"잘했어. 더 바랄 수 없을 정도로!"

"그래도……."

"심 조교도 세 번 코치를 받았어. 이만하면 대단한 거야."

"정신없었어요. 많이 어수선하고……."

"여럿이 있는데 당연하지. 살짝 다듬기만 하면 좋은 상담자가 될 것 같아."

교수님의 칭찬에 배꽃 웃음을 짓던 심 조교가 떠오른다. 밀실에 절로 눈길이 갔다.

"심 조교는 안 왔나요?"

이지야 교수는 심드렁한 표정으로 고개를 끄덕였다. 왠지 모를 아쉬움과 함께 내내 궁금했던 것이 말허리에 걸린다.

"교수님, 어떻게 하루에 열 번, 혹은 스무 번을 할 수가 있죠?"

"글쎄? 고환이 열 개 달려야 가능할 것 같은데……."

"여성 내담자들 중에서도 유사한 경우가 있나요?"

교수님은 즉답을 회피했다.

"자기 경험담을 얘기할 때면 으레 부풀리잖아. 혼자서 30명과 싸워서 이겼다는 둥, 보통 사람도 과장이 심하지."

"실제로 그럴 수 있는데 속단하는 거 아닐까요?"

"속단할 필요도 없고 곧이곧대로 믿을 이유도 없는 거지."

이지야 교수를 유혹할 마음은 없었다. 난 단지 사실을 고백했다.

"교수님, 전 아직 경험이 없어요."

"정말?"

지그시 내려다보는 교수님의 눈빛이 자극적으로 느껴지는

건……,

"작가가 직접 체험해야 작품을 남기나?"

"네?"

"자위나 몽정의 경험도 없어?"

"그야……. 교수님!"

"응, 왜?"

"전 목을 스스로 움켜줘요."

"움켜쥐다니?"

"내 목을 졸라요."

내 안의 가장 깊은 비밀, 나에게조차 충격적인 고백에 교수님은 일상의 언어를 들은 것처럼 반응했다.

"페티시네!"

"네?"

"사람은 알고 보면 누구나 페티시(Fetish)야. 다만 그 성향이 온건한 편이라 잘 드러나지 않을 뿐이지. 대상이 됐든 행동이 됐든 무언가에 애착을 느낀다는 건 지극히 인간적인 거야."

너무도 태연한 교수님의 반응에 오죽하면 스스로 혐오해 마지않던 것에 변호할 필요성마저 느껴졌다.

"그렇게 간단한 게 아니에요."

"아찔했지? 안타까웠고! 첫 경험이 원래 그래. 나는 어떤 선택을 할 수 있는 여건이 아니었던 거야."

"그렇지만 저는……."

반문하려 입을 떼긴 했지만 막상 무슨 말을 어떻게 해야 할지! 교수님은 애련한 눈빛으로 말한다.

"자기 목을 조르는 거? 고전적인데! 더 심한 걸 봤어. 차마 입에 담을 수도 없을 정도로……."

무언가를 상상해냈는지 이지야 교수는 눈을 가늘게 떴다. 그러고는 이내 예의 꿰뚫어 보는 눈빛으로 말한다.

"페티시인 걸 자랑으로 여겨. 본인만의 감수성이 남다르다는 걸 뜻하니까. 성 정체성을 찾아가는 행동은 옳고 그름의 문제가 아니야. 여행 하는데 좋은 길만 갈 수 있나? 길 잘못 들어 시궁창에 들 수 있고 늪에도 빠질 수 있지. 세상은 과정이 중요하다고 하지? 과정은 과정일 뿐이야. 단지 지금의 나를 만들기 위해 지나쳐 온 길일 뿐이지. 네가 찾고자 하는 궁극의 길이 중요해. 결과도 아니고 과정도 아닌 네가 원하는 궁극의 것! 그걸 찾아 떠나. 그 외에 우리 인생은 별 의미 없는 거야."

그녀의 말에 나의 마음은 다 찼다. 더군다나 교수님과 한 공간에 단둘이 있다는 사실이 더없이 살뜰한 느낌을 준다. 나는 인이어 폰을 꺼내 들었다.

"교수님, 이거 잘 안 들리는 것 같아요."

인이어 폰을 교수님의 귀에 꽂는 시늉을 하며, 후비가 내게 했던 손가락 꽂기를 시도했다. 이지야 교수는 움츠러들며,

"으 …… 응? 뭐야 이게?"

그때, 불청객처럼 심 조교가 들어왔다. 도둑질하려다가 들킨 아이처럼 귓불이 뜨겁게 달아오르는 건,

"교수님, 저 왔어요."

"심 조교, 왔어?"

어색함을 물리치며 교수님은 밝게 웃었다. 심 조교는 얼른 내 앞으로 다가와 반가운 척을 한다.

"오늘 상담은 어땠어요?"

"조 …… 좋았어요."

"재미있죠? 덥지도 않은데 이상하게 땀이 막 나고?"

"네에……."

나는 이마에 흐르는 땀을 훔치며 고개를 끄덕였다. 심 조교에게서 풍기는 짙은 아로마 향에 요동치는 감정이 조금은 안정되는 것 같다.

"교수님, 성후 씨를 위해 한잔해요. 오늘은 제가 쏠게요."

이지야 교수는 갑자기 태도를 달리하며 말했다.

"가려면 둘이 가! 난 영상 정리해서 보고서 작성해야 해."

"정말요? 후회하지 않으시겠어요?"

교수님은 고개를 끄덕이며 내 손에 들려 있는 인이어 폰을 빼 들었는데, 꺾기 하다 놓친 공기알처럼 카펫바닥에 떨어지고 만다.

"이런!"

"괜찮으세요?"

이지야 교수는 까다로운 히스테리 환자처럼 내 손을 뿌리치더니 바닥을 기어가는 시궁쥐라도 발견한 것처럼 소스라쳤다. 나는 교수님의 행동이 무척이나 기묘하게 느껴졌지만 심 조교는 아무렇지도 않은 듯,

"교수님, 학교에서 뵈어요."

출구

심 조교의 주정을 받아들이는 동안, 성가신 소음처럼 이지야 교수의 무덤덤한 표정이 아른거렸다.

'가려면 둘이 가!'

철 지난 꽃잎을 바라보듯 처량한 눈빛, 무언가에 시달리는 초식동물 같은 행동…….

"저 잠깐 나갔다 올게요."

"큰 거라도 작게 행동하고 와!"

막상 교수님에게 가려니 배롱나무 자그만 화단에서 갈라지는 세 갈래 길처럼 갈피를 잡지 못하겠다. 잠시 화장실 다녀오리라 생각하는 심 조교에게도 예의가 아닌 것 같아 나는 다시 자리로 돌아갔다.

"어떻게 해야 할지 모르겠어."

심미나 조교는 흐트러진 자세로 말을 이었다.

“지금 결혼하지 않으면 이 사람을 놓칠 것 같고, 결혼하면 경력이 단절될 것 같고, 유학을 가자니 외국어는 두렵고, 뭐 형편도 따라주지 않지만…….”

조악한 충고라도 괜찮다면,

“결혼해서 남편의 도움을 받는 건 어떨까요?”

“고지식한 집안이야. 결혼하면 당장에 애부터 가지라고 할걸!”

심 조교는 잔을 권하며 시원하게 들이켜라고 했지만 이리도 텁텁한 술맛은 없는 것 같다.

“외통수에 걸린 장기 말처럼 뾰족한 답이 없는 것 같네요.”

“그때는 어떻게 해야 하지?”

“백기를 들어야죠.”

“호호호, 농담도!”

심 조교는 선웃음과 함께 벌컥벌컥 술을 들이켰다. 그녀가 잔을 놓았을 땐 사뭇 다른 표정이다.

“성상담 치료는 국내에 저명한 곳이 없어. 복지사 과정을 땄는데 전문적인 것과는 거리가 멀지. 이지야 교수님처럼 되고 싶은데 감히 엄두가 안 나.”

심 조교는 안주를 건성으로 씹었다. 그녀의 입에 들지 못하고 떨어지는 안주 부스러기를 바라보며 해줄 말이 생각났다.

“조교님을 이해해줄 만한 사람을 찾는 건 어떨까요?”

"6년간 만났어. 새로 남자를 만나라고?"

"고민을 공유하지 못할 관계라면 만난 거라고 볼 수 없죠."

"성후!"

심미나 조교는 잔을 부딪치며 V자 형태에 가까운 치아를 드러내며 웃었다.

"성후는 사람을 무방비로 만드는 매력이 있어. 우리 건배해요. 이런, 잔이 없네!"

"잔은 있는데 술이 다했을 뿐이죠."

"뭐? 호호호."

말이잡과 갑분싸의 대명사, 친구들과 만나면 말꼬리 이상하게 잡는다고 구박도 받고, 갑자기 분위기 싸늘하게 만든다며 따돌림도 당하지만 이때만큼은 상대를 더없이 즐겁게 하는 매력이 있나 보다.

"가끔 사막 위를 걷고 있다는 생각 들지 않아?"

"아니요. 아스팔트면 모를까……."

심 조교는 짧은 웃음소리를 내며 사막횡단에 지친 사람이 오아시스 샘을 찾은 것처럼 술을 마셨다. 그러기를 연거푸,

"천천히 마셔요."

그녀는 잔을 들며 소리쳤다.

"우린 방금 전까지 뜨거운 아스팔트길을 달려온 거야."

결국 계산은 내가 했다. 고주망태가 된 심 조교를 부축하며 그녀의 지갑을 꺼내 든다는 게 부도덕한 일처럼 생각되었다. 불야성을 이룬 네온사인 간판, 검은 트랙 같은 도로에는 수많은 자동차들이 저마다 갈 길 바쁜 경주마처럼 달리고 있었다.

택시를 잡으려는데 심 조교는 옹알거리는 소리를 낼 뿐 말이 없다.

"집이 어디예요?"

"음냐 음냐!"

취하면 개가 되는 건, 그래도 여자 쪽이 훨씬 낫다. 토도 예쁘게 하고, 흐느적거릴 때도 뭔가 의식한 아이처럼 제 걸음을 찾으려 한다. 경우에 따라선 그 모습이 안쓰럽기까지 하다.

"미나 씨, 괜찮아요?"

"좋아! 내 이름 불러주는 거……."

심 조교는 쓰러질 듯 안기더니 손가락으로 저쪽을 가리켰다. 그녀가 가리킨 곳은 모텔촌이다. 수많은 러브호텔들이 비교적 평온해 보이는 간판을 내걸고 부끄러운 속내를 밝히고 있었다.

"미나 씨!"

"음냐 음냐."

나는 떨리는 발걸음으로 어느덧 그녀가 가리키는 곳으로 걷고 있다. 어쩌면 생애 첫 경험이 오늘 밤! 바가지라 생각되는 모텔

비를 지불하고 엘리베이터에 몸을 실은 순간, 심장이 계량측정기에 오른 것처럼 두근거리는 건.

"미나 씨?"

쓰러지려는 그녀를 붙들어 침대에 뉘었을 땐, 잘 숙성된 갓김치를 맛보기 일보 직전의 흥분감이 몰려왔다. 나는 숨죽이며 그녀의 외투를 벗겼다. 겉옷 단추를 풀어 편안하게 해주려는데…….

"네가 좋아."

심 조교는 갑자기 깨어나 눈을 희번덕거리더니 좀비처럼 매달린다.

"이리 와!"

나는 그녀가 약간의 이성을 되찾길 희망했다. 그녀 입에서 풍기는 비릿한 토사물 냄새를 참아낼 수 없는 건,

"이리 와봐! 따먹히는 게 어떤 건지 알려줄게."

아무리 갈증이 심해도 차마 구정물을 마실 순, 나는 치근대는 그녀의 손길을 벗어냈다.

"하지 말아요."

"네가 좋대두! 불알 한번 내놔 봐."

"왜 이래요? 미쳤어요?"

"왜? 너도 좋잖아!"

나의 가운데 성을 움켜쥐려는 그녀의 손을 뿌리치고 빠져나왔다. 의도치 않은 몸싸움에 작은 충격을 받았는지 심 조교는 K.O 펀치 맞은 사람처럼 침대에 쓰러져 있다.

"괜찮아요?"

"음냐 음냐!"

아기옹알이 소리를 마지막으로 심 조교는 전신마취에 빠진 환자처럼 늘어졌다. 나는 밖으로 나가 편의점에서 생수 한 통과 맥주 두 캔을 샀다. 모텔로 다시 돌아왔을 땐 밀폐된 공간에서 풍기는 특유의 묵은내가 났다.

"씻지 않을래요?"

침대 위에 심 조교는 아예 깊은 잠에 빠져 있다. 일부러 그녀의 귀에 대고 맥주 캔을 따는 순간,

'깡!'

알루미늄 배트에 제대로 맞은 야구공처럼 타격감이 상당했지만 그녀는 미동도 않는다. 잠든 모습이 이렇듯 천연덕스러울 수 없다. 나는 심 조교의 가슴을 쓸었다. 지나간 시간에 환불 요청을 하고 싶을 정도로 그녀의 유방은 중력에 내려앉아 사내가슴처럼 밋밋하다.

"미나 씨, 나 가요."

문을 열고 나가려는데 찜찜한 잔뇨감, 처음에 그녀가 달려들

때 할 걸 그랬나! 그래도 무분별한 욕망의 표적이 되는 건 소름 끼치게 싫은 일이란 걸, 나는 뒤돌아 지나가는 길고양이 부르듯이 그녈 불렀다.

"미나야, 미나야, 어디 있니? 우리 나비!"

스커트를 들어 올린다. 거미줄에 걸려 꼼짝 못하는 나비를 싸매듯 그녀의 하체를 더듬으면 무릎에서 허벅지로 올라가는 손길이 저미도록 떨린다. 마지노선을 알리는 국경선처럼 말려 올라간 스커트가 경고하는 듯했지만 거친 숨, 뜨거운 욕망에 그 경계가 금세 허물리어 어두운 암갈색 팬티가 부끄러운 민낯을 보였다.

나는 조심스럽지만 망설임 없는 손길로 그녀의 팬티를 걷어 내렸다. 마침내 두터운 외음부 사이로 욕망의 은밀한 신전이 자태를 드러냈을 때는 오랜 순례길에 몸을 씻지 못한 이들에게서 풍길 만한 냄새가 풍겼다.

'흐음!'

나는 악취를 즐기는 개처럼 그 짭조름한 해빙의 맛을 즐겼다. 그리고 여인의 그 사이, 태고의 틈을 혀로 할짝대며 가운뎃손가락으로 문질렀다. 그녀의 입에서 작은 신음소리가 새 나오는 것 같다.

'찰칵 찰칵!'

나는 휴대전화 조명등을 켜서 사진을 찍었다. 그리고 뭔가 이상한 것이 있어 고개를 기울인 순간, 그녀의 몸에서 더 이상 푸근한 아로마 향기가 나지 않는다. 떠오르는 생각을 적는 수첩을 꺼내 들었다. 예전에 써 논 「촉수이고파」라는 작문의 한 구절이 눈에 들어온다.

'네 뇌수에 스미어 일체가 되게……'

하나의 일체가 되기에 적합한 사람을 찾는다면 누구일까? 술에 취해 침대에 널브러진 의지 없는 여인은 아닐 듯이!

동경

여인의 유방은 동경이다. 남자는 아기일 때 젖 빨던 기억을 잊지 못한다. 엄마의 젖가슴이 풍만해서 위협을 느꼈다. 하루는 엄마가 젖을 물린 채 꾸벅꾸벅 졸았는데 부드럽고 말랑한 밥통이 얼굴을 누르고 코를 막았다. 굴속에 웅숭그린 짐승처럼 엄마를 노려본 건 그때다. 이도 안 난 잇몸으로 힘껏 물었는데, 엄마는 미동도 않는다.

까딱 잘못하다간 젖에 짓눌려 죽을 것 같다. 생의 젖줄이 마치 이웃한 벗처럼 죽음을 그리도 쉽고 간단하게 불러낼 수 있다니……. 생과 사의 경계에서 젖 빨던 기억 때문일까! 출렁일 정도로 풍만한 가슴을 보면 아련하다. 쉽게 드러나는 가슴은 신비감이 떨어지고, 예쁜 비키니 톱 우윳빛 젖무덤이 반짝일 때는 설렌다.

"이런!"

눈을 뜬 시점은 이미 통학버스가 떠난 시각이었다. 부랴부랴 옷 입고 거울을 들여다보니, 벌겋게 충혈된 눈이 어젯밤의 고뇌를 설명하는 듯싶다.

"죄송합니다."

사람들을 제치고 출입문이 닫히기 전에 가까스로 지하철에 탑승할 수 있었다. 출근시간이 지난 시점이라 지하철 안은 그다지 붐비지 않았다. 서 있던 사람이 빠져나간 곳에 섰더니 앞좌석에 앉아 있던 여자가 슬며시 아는 체를 한다. 가만 보니 도남과 하룻밤의 만리장성을 쌓고 헤어졌다는 그 여인이다.

"아!"

우리는 간단한 목례로 인사를 대신하며 데면데면 서 있었다. 그녀는 마치 법률사무소에 취직하러 가는 사람처럼 하얀 블라우스에 검은색 정장을 입고 있었는데, 실크 소재의 광택 나는 새하얀 블라우스에 미처 감추지 못한 풍만한 가슴이 넘실거렸다.

다음 정거장에서는 사람들이 대거 몰려들었다. 뒤에서 떠미는 힘 때문에 무릎이 그녀의 무릎과 맞닿으며 정전기가 일듯 짜릿한 기운이 느껴진다.

"안녕하세요?"

늦은 인사말에 그녀가 웃는다. 다음 정거장에서는 내리는 사람 없이 타는 사람만 늘었다. 그녀의 실크 블라우스 사이로 위태로운 가슴골이 내비쳤다. 구부정한 자세로 넋이라도 잃은 것처럼 몰두하고 있는데 올려다보는 그녀와 눈이 딱 마주친다.

"여기서 내려야 하지 않아요?"

학교 앞이라는 안내방송과 함께 막 문이 열리고 있었다.

"고 …… 고맙습니다."

사람들을 헤치며 문이 닫히기 전에 나가려는데 꽤 많은 양의 쿠퍼액이 흘러 있는 게 느껴졌다. 어수선한 팬티 속 사정과는 다르게 캠퍼스 전경은 한산했다. 나만 빼고 모두 충실하게 제자리 찾아 들어간 것 같은 기묘한 소외감, 바닷물 빠져나간 황량한 갯벌 같은 캠퍼스를 가로질러 뒤늦게 찾은 강의실엔 전공학과 교수님이 핀잔부터 준다.

"전공과목에 늦는 사람은 뭐나?"

"죄 …… 죄송합니다."

구석 빈자리에 앉으니 몸과 마음이 풀어 헤쳐진 파김치처럼 너덜너덜하다. 어젯밤의 숙취가 고스란히 남아 속이 쓰리고 머리가 아팠다. 핏기 없는 얼굴로 잠을 자던 심 조교의 얼굴, 통학길에 마주친 도남의 그녀, 엿보기에 여념이 없던 붉게 충혈된 눈과 마주쳤을 때 그녀는 어떤 생각이 들었을까!

어떻게 끝났는지도 모르게 울린 수업 종, 교수님이 불량한 고등학생을 벌세우려는 학주처럼 꾸지람을 주었다.

"자네는 자세가 참 좋아. 요즘 왜 그래?"

"죄송합니다."

"창작엔 학점이 없다고는 하지만 그래도 노력하는 모습 보여야 하지 않아?"

무엇이 문젤까, 젊음은? 삶에 대한 갈증과 섹스에 대한 열망, 때때로 술에 취해 새벽길을 달리는 거친 숨소리……. 우동국물로 쓰린 속을 달래며 오전 강의를 끝마쳤을 때에 아버지에게서 전화가 걸려왔다.

"지금 좀 보자!"

"네? 학교인데요."

"그 학교는 밥도 안 먹고 공부한다냐? 잠깐이면 돼. 지금 네 학교 앞이다."

아버지가 이리 서두르는 건 처음 있는 일이다. 평생을 한결같으신 분인데……, 급하게 찾은 카페엔 아버지가 미리 와서 차를 마시고 있었다. 반갑지 않은 침묵이 땅거미처럼 내려앉을 걸 예견하신 것처럼 자리에 앉자마자 말씀하신다.

"동반자를 만났다."

"네?"

"내 짝을 만났어. 결혼할 거다."

"그 …… 그게 무슨 말씀인지?"

아버진 반평생을 혼자 사셨다. 나 여섯 살 되던 해, 어머니가 돌아가셨다. 교육자 집안에 훤칠한 외모로 곳곳에서 재가요청도 많았지만 일편단심 어머니만 그리다 기회를 놓치고 더러는 인연을 걷어찼다. 그런 분이…….

"사진이다."

아버진 새어머니 되실 분의 사진을 건넸다. 사진 속엔 고운 중년 여인이 웃고 있었다.

"이제 곧 정년이다. 너도 떨어져 살고……."

솔직히 아버지의 행복보다는 미래의 나에 대한 염려가 앞선다.

"그래도 아버지?"

"나도 행복하고 싶다!"

아버지의 말엔 깊은 숨과 함께 가시 같은 열기가 느껴졌다.

"네가 오이디푸스 증후군이 무척 심했다는 거 아느냐?"

"네?"

"네 엄마의 사랑을 독차지하려고 내게 못되게 굴었지. 그날도 그것 때문에 싸웠다."

"그 …… 무슨 말씀인지?"

"수진은 기억나?

기억의 영역 끝에서 마치 낭떠러지에 선 것처럼 두렵고 떨린다. 내다보니 까마득한 절벽, 아찔한 공포가 느껴지며 아버지가 더 이상 들추지 않길 바랐다.

"네 동생 말이다."

수진, 엄마만큼 사랑했던 여동생. 두 분이 싸움을 크게 했고 어머닌 수진을 데리고 외할머니 댁으로 가셨다. 늦은 밤 돌아오는 길에 그 일이 일어났다. 아버진 그 후로 아무 말이 없었고, 나와는 형식적인 가족으로 민둥민둥 살았다.

"네 갈 길 제대로 가고 있는 것 같고, 이제 나도……."

아버진 목이 타셨는지 커피로 목을 축이며 일어났다. 단지 아버지라는 존재에 대한 막연한 존경심뿐이다. 우리 둘의 관계에 영혼이나 사랑은 없다.

"같이 걷겠느냐?"

우린 커피숍을 나와 한동안 말없이 걸었다. 흩날리는 늦봄의 햇살이 아버지의 얼굴에 아른거리며 깊은 그림자를 만들어냈다.

"누구의 잘못도 아니다. 그냥 일이 그리 되었을 뿐이야."

아버진 어머니에 대한 일편단심인 줄로만 알았더니 자책감이었던 것 같다. 그리고 교묘하게 그 짐을 내게 덮어씌우려 한다. 또 교활하게도 누구의 잘못도 아니었다는 식으로 털어내려 한다.

"그래도 고맙다."

"뭐가요?"

"넌 늘 우두커니 혼자였지. 자기 생각에 빠져 통 말도 없이, 불러도 대답 않고……."

아버지는 마치 마지막 유언을 남기고 떠나가는 사람처럼 말했다.

"고맙다. 난 네가 자폐아로 성장할 줄 알았어."

아버진 지하보도로 사라졌다. 아버지가 남긴 담담했던 그 말은 나를 공중화장실로 뛰어들게 만들었다. 어릴 적 손가락 빠는 버릇이 있었는데 야단치기보다는 "외롭지?"라고 물어보던 친할머니의 얼굴, 그때는 차마 몰랐지만 손가락 빨 때의 외로움, 다시금 되살아난 목을 조르고 싶은 충동!

공중화장실 거울로 여실한 내 모습이 비쳤다. 나에게도 부끄러운 내 모습, 두 손으로 목을 쥔 가련하고도 슬픈 짐승, 떳떳지 못한 일이라도 반복되면 일상이 되고, 그것이 심각하게 부끄러운 짓이라 해도 일상이 되면 당연한 것이 되기에……, 관성에 의해 구르는 공이 계속 굴러가듯이, 당연하다고 생각되는 인간의 습관은 타성에 젖어 계속 굴러간다. 다만 언젠가 관성은 중력에 의해 제한을 받는 반면, 타성은 멈출 방법이 없다. 양심에 의한 각성이 작용하지 않는 한, 그리고 양심보다 더한 체념…….

나는 두 손을 떼었다. 거울 속 슬픈 청년은 파렴치한 공포, 그 이면에 숨겨진 쾌락의 무게에서 벗어나 안도하는 눈치다.

본성

성(性)에 대한 인식, 어릴 때부터 내게 인간의 나체는 불온한 무언가였다. 간혹 영화나 드라마에서 상체를 드러내는 여배우들을 보면 작품성을 떠나 무척이나 음란한 포르노배우 대하듯 했고 작품 자체를 평가절하하였다.

섹스에 대한 상상, 그것이 지극히 자연적인 일이며 괜찮다는 신호를 얻었을 때, 자유에 대한 감각이 춤을 추듯 아른거린다. 한번 물꼬를 튼 감각은 일상에서 아주 우연찮지만 기묘하게 운명적인 어떤 일들을 경험할 때 드문드문 그 불가해한 해역을 드러낸다.

나는 바다라는 현실 속에 살던 물고기였지만 예기치 못한 소용돌이에 휩싸여 모래사장에 표류한다. 바다가 전부였던 내게 육지라는 미지의 섬, 혹은 바다보다 클 수 있는 대륙을 인식한다.

잠시지만 육지에 선 느낌은 초월이다. 초월적 존재로 올라선 듯한, 혹은 초월적 존재로서의 나의 정체와 지위를 회복한 기분, 파도에 실려 언제든 다시 바다로 돌아갈 수 있는 선택적 우위마저 확보하고 있는……. 그럼에도 난 여전히 물고기, 육지를 두 발로 걸을 수 없는 지느러미 물고기!

신문사 사옥 전광판에 연쇄 살인범이 잡혔다는 기사가 떴다. 그저 무던히 발걸음을 옮기려는데, '양승모(26세)'라는 자막이 지나간다.

'승모, 양승모!'

단박에 알 수 있었다. 째진 눈, 마스크로 얼굴을 가렸지만 외로운 승냥이처럼 떠돌던 음침했던 얼굴표정, 그 흉흉했던 외로움…….

'우욱 우웩!'

복부에 경련이 일었다. 바닥에 엎드려 헛구역질을 하는데 사람들이 수상한 눈초리로 훑으며 지나간다. 나는 자리에서 일어나 택시를 잡기 위해 도로에 섰다.

"어디 가세요?"

택시기사의 말이 무척이나 생소하게 느껴진다. 마치 지구 아닌 다른 행성에서 어디로 가느냐! 묻는 것처럼 여겨졌다.

"네?"

"어디 가시냐고요."

"강력 범죄자가 잡히면 어디로 가죠?"

"유치장 말이로군요. 어느 경찰서인데요?"

"네? 그 …… 그게."

나는 검색하기 위해 휴대전화를 꺼내 들었다. '양승모'라고 타이핑하려는 손가락이 떨렸다.

"혹시 저 인간은 아니죠?"

육거리 전방에 달린 커다란 전광판에 떠오르는 속보 뉴스를 보며 택시기사가 물었다.

"맞는데요."

"의적 나셨네!"

택시기사는 알 수 없는 말을 내뱉더니 핸들을 틀었다. 무리하게 끼어들기 하다 보니 짜증 섞인 경적소리가 사방에서 울린다. 택시기사는 가는 길 내내 힐끔힐끔 곁눈질로 살폈다. 무언가 할 말이 있어 보였지만, 그가 뭐라 말 붙여도 답할 수 있을 것 같지 않다. 그 이유를 나중에야 알 수 있었다. 급하게 찾은 면회신청 대기실 앞에서 안내인은 눈살부터 찌푸렸다.

"안 됩니다."

"봐야 해요."

"면회인은 특별대상이고, 면회시간도 지났습니다."

"꼭 봐야 해요."

"글쎄, 안 된다니까!"

나는 안내인을 위협하고 싶어 그가 보는 앞에서 목이라도 조르고 싶다. 그때, 누군가…….

"양승모를 찾는다고요?"

척 봐도 형사임을 알 수 있는 사람이 물었다. 나는 그에게 매달렸다.

"네, 꼭 봐야 합니다."

"무슨 관계입니까?"

"어릴 적 친구였습니다."

그는 한동안 고심하더니 내 얼굴을 보며 말했다.

"일단 턱 좀 닦으시죠."

그는 안내직원에게서 물수건을 얻어 내게 건넸다. 턱을 훔치니 침이 흥건하게 닦인다. 형사는 말했다.

"제가 참관하겠습니다. 그의 범행동기에 불분명한 게 있어요."

특별 면회장은 마치 형사 취조실처럼 꾸며져 있었다. 기다리는 동안 갯벌의 세발낙지처럼 다리가 갈라지려는 게 느껴진다. 이윽고 승모가 들어왔다. 이중으로 채워진 수갑도 모자라 동아줄로 몸이 꽁꽁 묶인 채로, 그는 승냥이가 무방비상태가 된 먹잇감 앞에서 띠울 만한 미소를 머금은 채 물었다.

"누구지?"

"나다. 그 철길……."

"아, 성후. 그 기성후!"

그는 교활한 미소를 머금었는데 기묘하게도 숨 막히게 멋있다는 인상을 준다.

"어떻게 된 거냐?"

"뭘?"

"왜 죽였어?"

"네가 형사라도 되냐?"

눈을 흉흉하게 치켜뜨며 철길에서 놈이 했던 말, '뭔데 달려들어?' 그 말이 덩달아 떠오르는 건,

"아니, 그때 왜 내 목을 그었냐고?"

"후훗!"

승모는 코웃음부터 터트렸다.

"왜 그랬어? 개자식아!"

"때린 것뿐이야."

"뭐?"

"목은 사고였어."

"거짓말, 의도적으로 찌른 거야."

"불온한 무언가로부터 널 지켜주려 그랬다."

"개소리!"

"내가 말 안 했나? 울 아버지가 살인자라고, 엄마를 죽이고 나를 죽이려고 했지. 아이들이 날 따돌리는 게 당연하다고 생각했어."

그의 눈동자에서 물에 올라 헐떡이는 물고기를 발견한다. 제 살던 바다로 돌아가야 할 텐데 놈은 파도가 넘실대는 해변을 등지고 되레 막막한 땅덩어리가 기다리는 방향으로 퍼덕거린다.

"널 친구라고 생각했어."

"그래, 친할수록 깊어갔어. 너도 날 따돌리는 게 맞는 거라 생각했지……."

그는 말을 잇지 못했다. 다만 눈빛이 울고 있다. 우린 한동안 서로를 바라보았다. 그가 다시 입을 열었을 땐 좀 전의 거드름이 배어 있다.

"아저씨! 더 할 말 없어요. 보내줘요."

그가 들어왔던 문이 열리고, 앉고 일어서는 것도 혼자 할 수 없는지 교도관 둘이 그를 일으켜 세웠다. 승모는 마지막으로 물었다.

"유리조각에 무엇이 그려져 있는지 모르지?"

그는 자리를 벗어나며 말했다.

"여자 나체 그림이 있었어."

승모는 끌려 나가고 나는 그의 말을 곱씹었다. 여자 나체가 왜? 한 살 더 많은 그는 나를 보호하려던 의도였을까, 그의 말처럼 불온한 무언가로부터 지켜주려고? 일차원적인 선과 악의 반응보다는 그림을 공유하며 둘만의 비밀을 더욱 간직할 수도 있지 않았을까!

"이제 나오세요."

생각을 깰 것처럼 형사가 말했다. 복도를 걸어 나오며 다리가 풀리는 것이 느껴진다. 형사는 말했다.

"첫 범행은 길러주신 할머니를 살해한 것이었어요. 말로는 보기 역겨워 그랬다고 하는데, 할머니는 오랜 지병에 고통받고 있는 상황이었죠."

나는 전공교수님의 말을 생각해냈다. 세상은 기자의 눈으로 보되, 사람은 작가의 눈으로 보라고 했던……, 철길 말고도 승모의 집에 종종 놀러간 적 있다. 다 쓰러지는 살림에 늙은 노파가 있었는데 중풍에 다리를 절었다. 할머닌 나 있는 앞에서도 입버릇처럼 말했다.

"저놈 클 때까지 할미가 살아 있어야 하는데."

밖으로 나오니 택시기사가 아는 체를 한다. 그는 인근 기사식당에서 식사를 했는지 이쑤시개를 물고 있었다.

"마침 딱 만났네. 타시오."

"아니요, 대중교통을 이용하겠습니다."

"그냥 타! 택시비는 받지 않을 테니……."

혼자서 걷고도 싶었지만 호의를 무시하기도 미안해서 조수석에 앉았다. 결과적으로 그 선택을 하지 않았다면 후회할 뻔했다.

"면회는 잘 했소?"

이쑤시개를 껌처럼 씹으며 택시기사가 물었다.

"네, 그럭저럭……."

택시기사는 창을 열어 침 뱉듯 이쑤시개를 도로 위에 뱉었다. 그의 행동에 이해할 수 없던 말이 떠오른다.

"기사님, 의적이라고 했던 말은 뭐예요?"

"응?"

"택시 처음 탈 때……."

"아, 그거! 자기는 짐승만도 못한 놈들만 골라서 살인했다고 하지 않았소?"

"누가요?"

"댁이 면회한 사람, 양모인지 승모인지!"

"네?"

택시기사는 자기 앞으로 끼어드는 차량을 보며 탁한 막걸리 들이켜듯 걸쭉한 욕사발을 지껄였다. 그러더니 태연하게 덧붙인다.

"예전엔 나도 어느 미친놈인가! 했겠지. 지금 보면 그렇지도 않아. 분명히 없어지면 좋겠다! 싶은 인간들이 있거든……."

이 세상을 밝히 내다보는 시선이 있어 그가 내게 답해주면 좋겠다. 비정한 세상에서 인간을 발견하고, 부조리한 세계에서 인간애를 조명한다는 건…….

선고

마치 후비와의 이별을 예견이라도 한 것처럼 본관과 이과대 캠퍼스를 잇던 고가다리가 폐쇄되어 있다. 안전상의 이유로 보완 공사한다고 안내문이 붙어 있었지만 다리는 해체과정을 밟고 있었다.

나는 거친 발걸음으로 이과대로 향했다. 원자력 발전소를 연상시키는 원형 건물을 지나 건축학부에 발을 들여놓고, 마주치지 않으면 돌아갈 심산으로 마냥 기다렸다.

"오랜만이네!"

흡족한 점심식사를 했는지, 식단차림표 중에 뭐가 맛있더라! 수다를 떨며 지나가는 학생들 무리 중에 후비가 섞여 있었다.

"왜 전화 안 했어?"

후비는 마치 에곤 실레의 자화상이라도 발견한 것처럼 애처로운 눈빛이다.

"네가 하면 되잖아?"

"네가 하길 바랐어."

"왜 꼭 내가 해야 하지?"

그녈 향해 맺혀 있던 말을 퍼부었다.

"네 마음에 들지 않는 대답을 하게 될까 두려워. 말하는 내내 적절하게 행동하고 있나! 신경 쓰이고."

"그냥 편하게 말해. 편안하게 대해주고……."

후비는 자신의 아랫입술을 깨물었는데, 애틋하기보다는 설명하기 어려운 무척이나 이질적인 어떤 감정을 주었다.

"확신을 가지고 다가온다는 말은 뭐야?"

"무슨 말이야?"

"얼마만 한 확신을 가지고 네가 내게 다가오는지 알지 못할 거라 했지?"

"아, 그거……."

"무슨 말이야, 그게?"

"우린 이름에 똑같은 자를 쓰잖아!"

"뭐, 후(Who)?"

후비는 가련하게도 고개를 끄덕였다. 성후인 나는 절로 코웃음이 난다.

"고작 그런 이유였어?"

나는 그녀에게서 돌아섰다. 일부러 드러내지 않아도 얼마나 냉담한 표정을 짓고 있을지 거울을 보지 않아도 알 수 있었다.

"어디 가? 이대로는 싫어."

따라붙는 그녀에게 말했다.

"난 연상이 좋아!"

"……."

후비는 충격을 받은 듯 잠시 머뭇대다가 손에 무언가를 쥐어준다. 그러고는 작별인사처럼 속삭인다.

"밥은 먹고 가."

손에 쥐어준 것을 바라보니 식권 두 장! 유유히 사라지는 그녀의 뒷모습이 마치 안개에 싸인 것처럼…….

하염없는 발걸음으로 도심 길을 가로질러 후비와 이지야 교수, 셋이서 도시락을 먹었던 벤치에 앉아 붉은 소나무를 쳐다본다. 저 나무는 어찌하여 중력을 거슬러 90도 각도로 저리도 우람하게 줄기를 뻗었을까! 꼭 해면체에 혈액이 몰려 우뚝한 남근처럼…….

"여기서 뭐하고 있어?"

"교수님!"

이지야 교수는 기품 있는 태도로 옆자리에 다소곳이 앉았다.

"멍 때리고 있었어요. 누군가 말 붙여주길 기다리면서."

“가장 창조적인 순간을 방해했군. 멍 때리면서 그리워하고 있었으니…….”

내겐 살짝 웃을 여유마저 없었다.

“인간은, 아니 나는 왜 이리 이기적일까요?”

교수님은 한동안 말없이 붉은 소나무를 쳐다보았다. 그러다 좋은 생각이 난 듯 말문을 열기 시작한다.

“발기했을 때의 각도를 보고 남자 정력을 테스트할 수 있는데 저 붉은 소나무는 한창 때를 넘긴 위태로운 중년이야. 저 각도에서 조금만 더 처지면 답이 없지.”

“네?”

워낙에 뜻밖의 충고라 알싸한 고추를 씹은 것처럼 얼떨떨하다.

“젊음은 이기적인 거야. 한창 DNA의 지배를 받고 있을 때에 이타적이길 기대한다는 것 자체가 비정상적인 거지.”

“그래도 훌륭한 존재가 되어야…….”

이지야 교수는 윙크하는 듯한 특유의 표정으로 말을 가로챈다.

“강요된 도덕, 질서를 위한 윤리일 뿐이지. 난 본성에 충실해야 진정한 이타심이 발현될 수 있다고 본다. 자신을 사랑하지 않는 사람이 누굴 사랑할 수 있겠어?”

"교수님은 어떻게 말 한마디에 모든 걸 꿰뚫어 봐요?"

"본성에 충실해서 그래. 자기복제와 존속, DNA가 두 개의 이기적 대원칙에 근거하지 않았다면 인류는 살아남지 못했겠지. 물론 지금의 나나 성후도 존재하지 못했을 테고……."

"그래도 나를 모르겠어요."

"좋아하는 일을 하면 내가 누군지 알게 돼."

하마터면 이지야 교수에게 사랑고백을 할 뻔했다. 그리고 실제로 고백한다면 어떤 반응을 보일까! 궁금증과 함께 약간의 두려움이 스쳐 지난다.

"본성을 따라. 전쟁이 나면 늙은이들에게 맡기고……."

교수님은 일어나며 허리춤을 추슬렀는데, 그 모습이 무척이나 인간적으로 느껴지는 건.

제도

"저 병재인데요."

주말에 있을 상담 모임을 코앞에 두고 불만 많은 10대, 병재에게서 전화가 왔다. 워낙에 예상치 못했던 전화라 반가움보다는 경계심이 앞선다.

"무 …… 무슨 일이지?"

"만나서 얘기하고 싶어요."

병재의 부모님이 협회 부회장이라 했지! 그가 가진 배경이 신경 쓰이는 건,

"무슨 일인데? 웬만하면 전화로……."

"잠깐 봐요!"

"그 …… 그럴까?"

나에 대한 신상을 확보했는지 병재는 학교 앞 도넛 카페에 앉아 기다리고 있었다. 공교롭게도 나흘 전 아버지가 앉았던 바로

그 자리……. 까칠한 성격의 불만에 찬 10대라 생각했는데 병재는 살갑게 인사부터 했다.

"안녕하세요?"

"응, 말 편히 해도 괜찮겠지?"

"네, 편하게 대해주세요. 저도 형이라 불러도 되죠?"

"응, 가급적 나를 어렵게 대해주면 고맙겠구나!"

"네?"

"농담이야. 뭐 먹을래?"

"제가 쿠폰 하나 챙겨왔어요."

병재는 쿠폰으로 푸짐한 세트를 주문해왔다. 그럼에도 그를 향한 수상한 눈길을 풀 수는 없었다.

"형이 다니는 학교, 제가 들어갈 순 없겠죠?"

"노력하면 가능하지."

"에이, 거짓말!"

"뭐가?"

"노력해도 불가능한 게 있어요. 노력 자체가 시간낭비일 때도 많죠."

병재의 말에 뭐라 대꾸할 말이 없다. 다만 그 나이에 이토록 염세적일 수 있다는 게 예전의 나를 보는 것 같아 반가웠다.

"그래도 과정 속에 기쁨을 찾다 보면 언젠가 결실을 맺지 않겠니?"

"원치 않은 과정 속에 빠져 있으면요?"

"음……, 다른 길을 찾아야겠지. 뭔가 자신이 하고 싶은 거나!"

"전 하고 싶은 게 없어요."

"그래도……."

"그냥 이 길에서 벗어나고 싶을 뿐이에요. 나를 이토록 압박하는 것에서 벗어나야 내가 하고 싶은 것도 찾을 수 있지 않겠어요?"

대꾸할 말이 떠오르지 않아 벌써부터 허둥거리는 건, 병재의 말에는 폐부를 간지럽히는 무언가가 있었다.

"며칠 전에 이곳에서 아버지를 만났어. 그분은 말씀하셨지. 당신의 행복을 찾아 떠나겠다고, 그게 나한테는 썩 좋지 않았어. 그분이 새로 맺은 인연 때문에 내게 나쁜 영향이 오지 않을까! 근심부터 들었거든."

병재는 진지한 낯빛으로 경청했다. 어느새 그에 대한 선입견과 경계심은 사라지고 우정과 연민의 마음이 싹트는 것이 느껴진다.

"떠나는 건 희생을 요구해. 여태까지 너를 지탱해준 기반, 네가 쌓아 올린 경력이나 업적 모두 포기하고 처음부터 다시 시작해야 하지. 그걸 지켜보는 친구나 가족들에게도 힘든 시기일 거야. 그래도 떠나야 할 때는 떠나야지."

병재는 도넛을 한 입 베어 물더니 우물거리며 말했다.

"형, 너무 거창하다."

"왜?"

"나는 떠날 수도 없어요. 집과 학교가 꽉 움켜쥐고 있어서 꼼짝할 수도 없어요. 기껏해야 가출하는 것밖에……."

음료수를 한 모금 마셨다. 레몬에이드의 까칠한 탄산이 혀뿌리에 어지럽게 닿는다.

"저는 그만하려고요."

"뭘?"

"단체 상담에 나가는 거요. 형도 제가 어울리지 않는 거 알잖아요?"

"그 …… 그렇긴 하지."

병재가 아저씨들의 과도한 성적망상에 물들지 않을까! 내심 심려하던 차였다.

"그래도 골 때렸어요. 그 나이대 아저씨들 고민도 듣고, 좀 기괴하긴 했지만."

"그 …… 그렇지."

우린 묵묵히 도넛을 먹었다. 도넛 위에 덧뿌려진 달곰한 카카오시럽이 쓰게 느껴지는 건, 문득 병재의 부모가 궁금해진다.

"부모님은 어떤 분이니?"

정신과의사 협회 임원이면 그쪽 방면에서도 꽤나 많은 배경지식이 있을 텐데, 왜 아들을 이런 곳에…….

"엄마가 나에 대한 집착이 심해요. 찾아보니 엘렉트라 콤플렉스나 오이디푸스 콤플렉스는 있어도 부모가 자녀에게 그러는 건 왜 없어요? 쉽게 말해 울 엄마는 아들바보 엄마예요. 간섭도 심하고, 밥 먹을 때도 엄마가 원하는 수저와 그릇을 써야 해요. 근데 엄마는 그걸 지극히 정상적인 관심이라 생각해요."

정수리의 머리털이 쭈뼛 서는 느낌이 들었다.

"문제는 아빠가 꽤나 저명한 정신과 박사인데 엄마 편을 들어요. 당신들의 편향된 생각, 잘못된 행동이 옳다고 고집하는 것에는 두 손 들었죠."

이쯤에서 나는 균형을 찾을 필요성을 느꼈다.

"이 문제에 대해 부모님과 대화한 적 있니?"

"말이 안 통해요. 내 말은 들으려 하지 않고 당신들 말만 하기 바쁘죠."

"네게 애정이 있으신데 들으려 하지도 않으시겠어?"

"뭔 소리예요?"

병재의 눈빛이 흐려졌다. 여태껏 쌓아놓은 신뢰감이 한순간의 파도에 모래성처럼 사라질까 하는 결코 가볍지 않은 두려움, 아

니나 다를까 녀석은 쏘아붙이는 눈빛으로……,

“모임 후에 알아요? 섹스중독 아저씨들, 1차 하고 방석집으로 몰려간댔어요. 단체로 가면 반값에 해주는 데를 알고 있다고 하면서!”

공들여 탑을 쌓아도 바로 무너질 것이란 걸 알려주려는 의도였는지는 몰라도 병재의 말은 퍽이나 아프게 다가왔다.

“그래도 어쩔 수 없지. 한 걸음 나아가는 수밖에…….”

“곧 사라질 걸 알면서요?”

“사라지면 두 걸음, 그마저 사라진다 해도 계속 나아가는 수밖에.”

“그런 미련한 짓을 왜 해요?”

“머물러 있을 수는 없잖아! 언젠가 걷다 보면 발 디딜 때가 올 거야. 영원히 그 순간이 오지 않는다 해도, 단지 발을 디뎠던 한 순간만으로 끝난다 하더라도 나의 노력은 헛되지 않은 거야.”

병재는 묵새기다 답했다.

“이해할 수 없어요. 내 인생에 그런 헛수고는 하지 않을 거예요.”

“나도 그래. 요 며칠 계속 힘든 일만 있었어. 말은 이렇게 했지만 내 마음은 지쳤어.”

우리 둘 사이에 우중충한 그림자가 끼어들었다. 단조를 장조로 바꾸는 변주를 시도해야 할 때란 걸 절감하지만, 때로 삶의 변주는 불쑥 예고도 없이 원치 않은 곳에서 물꼬를 트기도 한다.

"근데 형도 딸딸이 쳐요?"

"으 …… 으응!"

병재는 음료수를 한 모금 마시더니 대뜸,

"여친 없어요? 좋은 대학 다니고 잘생겼는데 왜 여태 딸딸이 해요?"

"그 …… 그렇게 말해주니 고맙네, 어찌 되었든 내 사생활이고, 뭐 굳이 말하자면 그건 마치 방귀 뀌는 자신을 탓하는 것과 같아. 타인에게 방귀 트기 전에 먼저 자신에게 트는 법을 알아야 하지."

쉽게 설명한다는 것이 되레 기묘한 언어유희에 빠져들었다는 생각이 드는 건, 병재는 상황종료를 알리듯 간단하게 대꾸했다.

"딸딸이가 자연스러운 일이라고 말하고 싶은 거예요?"

"으 …… 응, 누군가 위로해주지 않는다면 자신이라도 자기를 위해줘야 하지 않을까!"

"몰랐는데요. 딸딸이에 그런 깊은 뜻이 있는 줄?"

"나 …… 나도 지금 생각해낸 말이야."

후비를 대할 때처럼 뭔가 감당 못 할 에너지가 느껴지는 건, 병재는 한동안 주저하다가 말문을 열기 시작했다.

"하루는 자위하고 있는데 정액이 문지방으로 튄 거예요. 그때 엄마가 방문을 열고 들어왔어요. 딸딸이 하는 모습을 들키지 않아 다행이다 싶은 순간, 문지방에 튄 정액이 엄마의 발에 밟힌 거예요."

일그러지려는 표정을 숨길 수 없었다. 병재가 느꼈을 민망함이 발끝에서부터 전해오는 것 같다.

"낌새를 눈치챈 엄만 들고 있던 과일접시를 내려놓지도 못하고 나가셨는데 절음발로 걷던 그 뒷모습을 아직도 잊지 못해요."

무슨 말을 해줘야 할까, 기묘하고도 우스꽝스러운 거짓말, 이 바보 같은 현실을 물티슈로 간단하게 훔쳐낼 수 있다면!

"그때부터 엄마와는 말을 안 하게 되었어요. 엄마는 아무 일도 없던 것처럼 행동했지만 그게……."

대뜸 병재는 천연덕스러운 표정으로,

"참! 절음발로 걷다가 접시에서 사과가 굴러 떨어졌죠."

'굴러 떨어진 사과'라는 말엔 웃음을 참을 수 없었다. 단전에서부터 올라오려는 웃음기를 아랫배에 힘주어 견디며 얼굴을 손바닥으로 가렸다.

"형, 울어요?"

기어이 웃음이 터지고야 만다.

"아 …… 아니, 미안! 배가 고파서……."

도넛을 우적우적 씹어 먹는 시늉을 하며 병재의 얼굴빛을 살폈다. 다행히 그다지 빈정 상한 표정은 아니다.

“네 얘기 들으니 생각나는 말이 있다. 찰리 채플린이라고 알지?”

“그게 누군데요?”

“찰리 채플린을 몰라?”

“네, 교과서에 나와요?”

“흑백영화 시대에 최고의 희극배우였지, 유명한 영화감독이기도 하고.”

“그런 사람을 내가 어떻게 알아요.”

“그래도 그 정도는 아는 게 정상 아니니?”

“형은 OOO 알아요?”

“뭐, 누구?”

병재는 분명 뭐라 일컬었지만 내 귀엔 아예 들어오지도 않았다.

“형도 정상은 아닌 것 같은데요.”

“그래, 미안하다. 어찌 되었든 찰리 채플린이 뭐라 했느냐면 ‘인생은 가까이서 보면 비극이지만 멀리서 보면 코미디’라고 했거든.”

“음……, 멋진 말이긴 한데 좀 한가하게 느껴지네요.”

“왜?”

"그냥 무책임한 말처럼 느껴져요. 유명한 영화감독이라니 호사롭게 살다가 그럴듯해 보이는 말을 남기고 싶었던 거겠죠."

"찰리 채플린은 누구보다 비극적인 삶을 살았어."

"코미디 배우였다면서요?"

"응."

"그에겐 비극적인 삶도 재미있지 않았을까요?"

"비극이 재미있는 사람은 없지."

"분명 그렇게 생각했던 것 같은데요. '멀리서 보면 코미디'라는 말을 할 수 있었던 것 보니."

병재의 언어능력이 보다 우위에 있다는 느낌을 받는 건, 화제 전환의 필요성이 느껴졌다.

"형제는 있니?"

"아뇨, 외동아들이에요."

"만약에 네 정액을 밟은 이가 어머니가 아닌 아버지라 생각하면 어떻겠니?"

"음……."

병재는 눈알을 둥그렇게 굴리며 생각하는 눈치다.

"형제가 없다고 했지만, 내가 네 친형이라 가정하고 어머니나 아버지 아닌 내가 그걸 밟은 거야."

"에?"

"여전히 당혹스럽긴 하지. 그래도 내가 어깨를 툭 치며 '좋았냐?' 하고 씩 웃고 지나칠 수 있지 않을까!"

"징그러운데요."

"그래? 그럼 '이 새끼, 딸 좀 그만 쳐!'라고 하는 건?"

병재는 피식 웃으며 답했다.

"차라리 그게 낫네요."

"그래, 네가 합당한 대우를 받을 수 있게 되어 다행이다."

병재는 뭐가 재미있는지 혼자서 웃었다. 우린 헤어져야 할 시간임을 깨달았다. 도넛 카페를 나와 한동안 같이 걸었다.

"형은 대학 생활 재미있어요?"

"좀 고루해. 할 건 산더미 같고, 시간은 없고!"

"나한테 충고할 거 없어요?"

"멋진 날라리 친구 많이 사귀라는 거."

"왜요?"

"우리 때는 상급반이라는 게 있어서 내 주변엔 공부 잘하는 모범생뿐이었어. 대학 오니 연락되는 친구가 한 명도 없지 뭐야."

"내가 형의 멋진 날라리 친구가 되어 줄게요."

"고루한 내 인생이 조금은 화려해질 것 같네!"

녀석은 잇몸을 드러내 보이며 웃었다.

"또 연락할게요."

"그래."

우린 손을 맞잡으며 작별인사를 했다. 병재의 뒷모습을 보며 우리들은 사회가 내민 제도에서 언제쯤 자유로워질 수 있을지, 어쩌면 제도권의 사회는 사람의 일생을 지배하고 있는지도 모른다.

남자가 자신의 몸을 도구로 여기듯 학문은 밝은 미래를 위한, 대학은 좋은 직장을 위한 교두보에 지나지 않다. 일탈은 낙오를 뜻하고, 자유란 방종을 가리키며 남들과 조금이라도 다른 길을 걸을 때면 불모지를 개척할 때만큼이나 막막함을 느낀다.

젊음의 가장 소중한 순간을 소질이나 적성을 알지 못해 살다가 간신히 하고 싶은 걸 찾을 시점이면 결혼이라는 중책이 찾아오고, 결혼 후엔 출산과 육아라는 중임이 몰려온다.

문득 도남이 궁금해졌다. 풍족한 배경에도 결핍을 느끼며 만족할 만한 여건에도 결여의 감정에 목마른 친구, 도회지의 밤을 달리는 그의 낭만적인 스포츠카는 여전할까!

취향

남자가 여자에게서 기대하는 것은 꽃이다. 화려한 빛깔, 상한 꽃잎 없이 온전한 꽃의 자태를 흠모하듯 남자는 여인에게서 완벽한 아름다움을 좇는다. 발견하지 못한 여인의 무수한 장점에도 불구하고 거의 유일하게 꽃으로서의 여자를 기대한다.

인격체로서, 자연인으로서 여인을 대하고 싶어도 여자의 섹시함을 강조하는 대중매체에 의해 여인은 꽃의 존재로 각인된다.

누구나 탄복시킬 매력과 누구나 굴복시킬 권력, 둘 중에 하나를 택하라면 남자는 십중팔구 권력을 택할 것이다. 권력으로 아름다운 이를 차지하면 되니까, 여자들은 반대의 선택을 할 것 같다. 매력으로 권력자를 휘어잡으면 되니까!

오히려 매력을 택한 이들이 훨씬 좋은 선택일 수 있다. 권력자를 요리해야 하는 성가신 일이 따르긴 하지만, 본인의 아름다움에 스스로도 흡족할 테니!

여자의 속성이 보이는 것 같다. 나르시시즘의 쾌락, 아름다움은 권력보다 더한 유혹이기에…….

나는 훌륭한 인격체로서, 사려 깊은 지식인으로서, 그리고 아름다운 여인으로서 이지야 교수를 바라보았다. 주말부터 있을 상담치료를 위해 교수님이 몇 가지 말을 덧붙였다.

"적임자를 찾았어. 나 대신 C그룹을 맡을 거야."

"잘됐네요."

옆자리에 앉은 심 조교가 맞장구를 쳤다.

"공교롭게도 내가 그날 떠나."

"네? 어디로……."

"학회에 참여하셔야 하잖아요."

심 조교가 옆구리를 찌르며 말했다. 교수님의 출장 소식이 썩 유쾌하지 않다.

"심 조교가 새 적임자를 잘 돌봐주고!"

"네, 근데 교수님 좋으시겠어요."

"회의에 충실해! 그리고 내담자들 중에 동의서 없는 이가 있더라."

"어떤 동의서요?"

"이거! 없으면 큰일 날 수 있어. 환자 간 비밀 유지는 지켜지되 연구목적으로 녹화 및 녹취 자료가……."

그때, 연구실 문을 열고 누군가 들어왔다. 부학장과 교무국장이 만면에 웃음기를 머금고 들어온다.

“이지야 교수, 안녕하신가?”

회의는 단숨에 멈추었고, 심 조교와 나는 높으신 분들을 향해 허리를 굽실거렸다. 교수님만은 꼿꼿한 태도로 그들을 맞았다.

“부학장님, 우리 회의 중인데!”

“그래도 우리 대학 최고의 자랑거리가 외국에 출타하신다는데 가만있을 수 있나, 내일 비행기 타?”

“아니요. 모레 아침에 가요.”

“그래? 차라도 한잔 내주지 그래.”

“국장님, 회의 중이라니까!”

“빡빡하게 왜 그래. 학생들 반발이 심할 때 방패막이해준 게 누군데? 근데 남자를 두고 왜 그래?”

“무슨 말씀이에요?”

“이게 다 이 교수를 아껴서 그러는 거 아니겠어?”

부학장과 교무국장은 한껏 거들먹거렸다. 뚜렷하게 신체 접촉이 있는 건 아니지만 이지야 교수의 가슴이며 엉덩이를 감싼 공기에 손을 가져대며 유들댔다.

“이리 와요.”

심 조교가 잡아끄는 시늉을 했다. 마치 통과의례처럼 반복되는 일에 체념도 않은 표정이다.

"저분들 왜 저래요?"

"으레 그런 거지, 뭐!"

"말이 돼요? 세상 느끼하구만!"

"저 경력에, 교수님 정도의 미모면 껄떡대는 사내들 꽤나 많았을걸."

심 조교는 재빠르게 차를 탔다.

"근데 교수님보고 좋겠다고 했던 말은 뭐예요?"

"무슨? 아, 런던에 교수님의 사랑스런 애인이 있거든."

"네?"

"몰랐어? 교수님은 동성애자야. 첫 번째 강의 만에 그 일이 알려지고 교수님을 퇴단시켜야 한다고 그 난리가 난 거지."

두 번째 강의부터 사람들이 그렇게 빠져나간 것도, 논쟁적인 학생들이 따라붙어 강의실을 쑥대밭으로 만든 것도, 개인의 사생활을 핑계로 애써 이룬 업적이나 이력이 절단 나는 건!

젊은 층이 모인 대학가에서도 이 지경인데 타인의 삶을 존중하거나 이해할 만한 아량 없는 세간의 편협한 시선은 얼마나 쥐잡듯 할까! 쟁반에 차를 내가려는 심 조교를 말렸다.

"제가 할게요."

"안 돼."

“내가 한다고요. 그리고 사과할 게 있어요.”

심 조교를 마주하며 모텔 방에서 그녀의 가슴을 어루만졌던 것에 용서를 구하고 싶다. 그리고 또……,

“뭔데?”

휴대전화에 초라한 프레임으로 저장되어 있는 심 조교의 음부, 쉬이 그 사진을 지울 수 있을 것 같진 않다.

“나중에요. 지금은 시기가 적절치 않으니…….”

나는 이지야 교수 옆에 밀착하다시피 앉아 있는 부학장과 교무국장 앞에 차를 내놓았다.

“자넨 뭐야?”

“사람인데요.”

“왜 거기 서 있나?”

“두 분이 차를 마시고 나가는 걸 볼 때까지 여기 있을 겁니다.”

“뭐야, 이거?”

나는 꼿꼿이 서서 그들을 내려다보았다. 한동안 얼빠진 사람처럼 멍하니 있던 부학장과 국장은 슬그머니 자리에서 일어나기 시작한다.

“허 참, 별일 다 보겠네!”

믿어

맑고 깨끗한 욕망은 없다. 욕망은 의지를 발하여 청정한 이상을 꿈꾸어도 금세 시궁창과 같은 검은 기운에 물들어 언뜻 형체도 알 수 없게 되어버리고 만다. 삶의 동력이라 할 수 있는 욕망은 미성숙한 내게 삶의 뒤안길에서나 풍길 만한 쓸쓸함과 잔혹한 상흔을 일깨워준다.

그런 욕망이지만, 간혹 젊음을 돌아볼 때에 어쩌면 시궁창 같던 욕망을 그리워할 날이 올지도 모르겠다. 부학장과 국장이 방문했던 어제저녁 회의를 마치고 대학가 술집에 갔었다.

이지야 교수는 대뜸 물었다.

"왜 그랬어?"

"그 질문을 왜 저한테 하세요?"

"교수님, 성후는 칭찬받아 마땅해요. 정의의 흑기사를 위해 건배!"

심 조교가 편들며 말한 것에 미동도 않고 이지야 교수는 싸늘한 어조로,

"교무국장이 네 조교 발령서 보면 찢어버리기밖에 더 하겠어?"

"그런 거 따지느라 불의를 그냥 참고 넘겨요?"

이지야 교수는 빈정거리는 목소리로 되받는다.

"조교 월급이 얼마나 되는지 알아?"

심 조교가 가만히 손가락을 들어 보이는데 자신은 300만 원, 부조교 발령을 받더라도 최소 150만 원의 월급을 받을 수 있다고 속삭인다.

아뿔싸! 정의 구현에 대한 대가는 말로 다 할 수 없을 만큼 뼈아프다는…….

"본성을 따라야 할 때와 각성의 목소리를 내야 할 때를 알아?"

이지야 교수는 진지한 눈빛으로 말했다.

"나를 사랑하는 거에는 본성을 따르고, 남을 사랑하는 것에는 끊임없이 본성을 거슬러야 해."

나는 이지야 교수의 눈빛에 새겨진 연민과 사랑의 감정을 읽었다. 요컨대 교수님의 충고와는 반대로 나는 나를 대할 때 각성을 따랐고, 타인을 대할 때 본성을 따랐었다.

끊임없는 본성, 그건 나를 혐오하게 만들어 자기애에서 멀어지게 하고, 타인을 대할 때면 또 끊임없는 본성이 들끓어 사랑 따

원 등한시하게 된다. 오직 남을 취해 나의 욕구를 충족하고자 하는 탐욕뿐…….

"교수님, 양성애자 되실 마음 없으세요?"

"웬 뚱딴지같은 소리야?"

"나즈비언이 되고 싶어요."

"나즈비언이 뭔데?"

"나르시시즘에 빠진 레즈비언이요."

"여자가 되고 싶단 말이야?"

"아니요, 난 남자인 게 좋아요. 근데 여자로 다시 태어나도 남자랑은 절대로 하지 않을 거예요."

이지야 교수는 심 조교의 얼굴을 멀뚱히 쳐다보다가 갑자기 미친 듯이 웃기 시작했다.

"호호호!"

"왜 웃어요?"

"보여줄까?"

"뭘요?"

"속살!"

이지야 교수는 말 끝내기 무섭게 혀를 쏙 내보였다. 웃기기도 하고 야릇하기도 해서 쓴웃음이 느껴지려는 순간, 교수님은 고개를 옆으로 돌리며 혀를 길게 늘어트렸다.

"어때?"

혀를 집어넣지 않고 말하느라 그 짧은 말에 백치미가 느껴졌다. 마치 끝을 알 수 없는 촉수처럼 느껴지는 건…….

"기네요."

"길기만 해?"

교수님은 입안에 고인 침을 삼키며 다시 혀를 내밀었다. 그러고는 리듬이 몸에 밴 뱀처럼 혀를 움직이기 시작한다. 꿈틀거리는 붉은 촉수의 춤, 정신이 아득해지려는 순간, 익숙한 퍼포먼스처럼 심 조교가 딸기 빨듯 교수님의 혀를 빤다.

'아!'

나는 그만 턱 근육을 방치한 채 마냥 지켜보았다. 둘은 룸바를 추는 커플처럼 혀를 공중에서 빙글빙글 돌리며 한동안 어울린다. 옆 테이블엔 남녀 한 쌍이 앉아 있었는데 이쪽을 엿보던 남자의 턱이 살바도르 달리의 시계마냥 늘어져 있었다.

"……!"

주변의 시선을 의식했는지 둘은 의자 등받이에 몸을 깊숙이 파묻고 차전놀이에 열중한 상두처럼 열정적인 프렌치 키스를 나누었다. 목이 불에 덴 것 같기에 술잔을 들었는데 이미 바닥을 드러내고 있었다.

빈 술잔에 잠깐 시선을 빼앗긴 틈에 이지야 교수와 심 조교는 붉은 촉수의 룸바를 멈추며 잔망스런 소녀들처럼 웃는다.

"어땠어?"

근육을 상실한 턱관절을 가다듬는 게 무척이나 힘들게 느껴지는 건,

"저 …… 저도 끼워주시면 안 될까요?"

"네가 여자가 되는 건 어때?"

어떤 무리한 요구라도 응할 수 있을 것 같다. 출세를 위해 음낭을 기꺼이 떼어낸 내시도 있었는데, 사랑의 기류를 위해서라면…….

"호호, 고개는 왜 끄덕여?"

이지야 교수는 잠시 화장실을 다녀온다며 일어섰다. 좀 전의 황홀한 춤사위를 펼쳐 보인 것과는 상반되게 다소 음울한 눈빛으로 심 조교가 입을 뗀다.

"교수님이 동성애자 된 이유를 알아?"

심 조교는 숨죽여 말했다.

"교수님은 독실한 천주교 신자였어. 존경하는 신부님이 있었는데……."

나는 가만히 귀 기울여 점점 작아지는 심 조교의 목소리를 잡아내려 애썼다. 마침내 그녀는 말했다.

"…… 성폭행 당했어."

이지야 교수가 돌아왔다. 입가에 여전한 미소, 단지 초능력에 가까운 여자만의 직감! 이지야 교수는 심 조교를 대놓고 노려보았다.

"너, 성후한테 그 소리 했지?"

"무 …… 무슨 소리요?"

"말은 왜 더듬어?"

"교수님은 제 …… 제가 무슨 말 했다고 그래요?"

"성후, 들었지?"

겁에 질린 심 조교의 눈망울이 애처롭긴 했지만 실토하지 않을 수 없다.

"네에……."

이지야 교수는 술잔을 비웠다. 심 조교가 고개를 조아리며,

"교수님, 죄송해요."

"남의 사생활 함부로 떠들지 마라. 죽는다!"

"죄송해요. 교수님."

우리들은 묵은 판을 뒤집는 추수꾼들처럼 술잔을 모두 비우고 새로 주문했다.

"억울한 일을 당했지만 혼자서 끙끙 앓았어."

넘치는 새 술을 마주하며 담담한 목소리로 교수님이 말 잇는다.

"그때는 몰랐어. 분노는 거룩해야 한다는 걸……. 믿었던 세상이 한순간에 무너지고 혼자서 끙끙 앓다가 나를 학대하기 시작했어."

그때의 상흔이 아직도 남아 있는 듯 교수님은 연거푸 잔을 비웠다.

"미친 짓도 많이 했지. 어떤 날은 남자 공중화장실에 들어가 소변보는 아저씨의 성기를 오럴해주는 척하다가 손톱으로 뭉개버린 적도 있어. 그리 보니 그 아저씨는 뭔 죄야?"

내심 그 아저씨가 부러운 건! 이지야 교수는 입가에 씁쓸한 미소를 띠며,

"하나의 계기로 날 둘러싼 모든 게 달라질 수 있어. 대부분 그것은 비극적인 것이야. 마치 어느 날 진주조개의 몸을 파고든 날카로운 모래알 같은 것이지. 그때 나는 선택을 해야 해. 움츠러들거나 도망가는 것은 아무 도움이 안 돼. 오히려 자기존재를 짓밟고, 내가 화장실의 어느 운수 나쁜 아저씨에게 그랬듯 세상에 대한 환멸로 뭉개는 것밖에 할 줄 아는 게 없게 되지. 문제를 해결하기 위해선 먼저 이해해야 해. 문제를 풀 정도로 똑똑하거나 단련되어 있지 않다면 차라리 내버려두는 게 나아. 되레 엮이기밖에 더 하겠어?"

우리는 이지야 교수의 빈 잔을 채우기 급급했다. 그녀는 쓴 입

맛을 달래줄 주전부리는 거들떠보지도 않는다.

"정의가 이루어지는 것이 당연하다고 생각하지 마. 정의는 복권만큼 확률 낮은 게임일 뿐이야. 마음의 분은 지금 당장 해결되길 바라지만 나의 마음은 초연하지 않으면 견디기 힘들어. 세상은 무지하고 정의를 바라는 나의 마음은 연약하지만 언젠가 이 가냘픈 날갯짓이 세상을 무너트릴 날이 올 거야. 나의 삶에 나비효과를 믿어! 결국 그 날은 올 테니까……."

이지야 교수는 말을 끝맺으며 슬프면서도 아름다운 미소를 지었다. 나는 그만 그녀들에게 고해하고 싶다.

'미나 씨 음부를 찍었어요. 콩알 정도는 될 거라 생각했는데 클리토리스가 좁쌀만 해서 실망했어요. 맨날 교수님의 나체를 상상해요. 그보다 더 은밀하고 야한 상상도!'

술김에 소리쳤던 것 같기도, 아니면 그냥 묵혀둔 것 같기도! 차마 고백하지 못한 말, 혹은 입 밖으로 내뱉지 않은 말들을 떠올리며 그때 말하지 않은 걸 천만다행으로 생각하는 건…….

9 대 1, 세실리아

테베의 위대한 예언자 테이레시아스는 청년일 때 키타이론 산속을 지나다가 교미하고 있는 두 마리의 뱀을 보았다. 뱀들의 기묘한 움직임, 자신을 향해 혓바닥을 날름거리는 암컷 뱀을 지팡이로 때려죽였다네. 뱀들의 기괴한 꿈틀거림, 그는 갑자기 여자가 되었지.

가족도 그를 알아보지 못하자 그는, 아니 그녀는 이름도 '세실리아'라고 바꾼다. 집시처럼 떠돌던 세실리아, 결국 홍등가로 스며들 수밖에 없었다. 밤이면 밤마다 환락을 꿈꾸는 그곳에서 남자였을 때에 욕구를 잘 알아! 세실리아는 금세 홍등가의 여왕이 되었다네.

어언 7년이 지나고, 여전히 세실리아를 보려고 줄지어 선 사내들. 세실리아는 성 정체성에 커다란 질문을 던진다.

'7년 동안 여자로 살면서 무얼 했지? 백옥 같은 여인의 나신은 꿈틀대고 사내의 물건은 충만을 주었지만 난 여전히 목마르고 가족은 그리운걸!'

어느 병상에 든 부자가 그녀를 보고 싶다며 일천만금을 내놓는다. 그동안 수없이 쌓아놓은 화대로 이미 재물이 차고 넘쳐 창고에 더 들일 금화가 없었지만 세실리아는 여행길에 나선다.

오! 세실리아, 7년 전의 똑같은 그 장소를 지나다가 교미하고 있는 두 마리의 뱀을 보았지. 뱀들의 기묘한 움직임, 세실리아는 지켜선 하인들을 물리치고 이번에는 수컷 뱀을 발로 밟아 죽인다. 날름거리는 뱀의 혓바닥, 세실리아는 예전 모습을 되찾는다. 다시 남자가 되어버린 건!

고향으로 돌아가 가족과 재회하여 평범한 삶을 일구는데 밤이면 밤마다 환락을 일구던 세실리아의 낭만을 잊지 못해.

어느 날 제우스의 아내, 헤라는 남편의 바람기를 꾸짖는다.

“기회만 있으면 한눈파는 남자들이 지긋지긋해.”

제우스는 변명하길,

“사랑할 때 여자가 남자보다 훨씬 큰 쾌락을 느끼는 법이오.”

“어떻게 하면 여자들 치마나 들춰볼까 하는 남자들 속셈이야 뻔하지. 그 짓이 그리도 좋으니 그런 거겠지.”

헤라가 소리쳤고, 제우스는 태연하게 대꾸한다.

“정반대요. 만족을 알지 못하기에 헤매는 것이란 말이오.”

“말도 안 되는 헛소리하지 말아요!”

결론이 나지 않아, 헤라와 제우스는 테이레시아스를 부르기로 결정한다.

“테이레시아스, 두 가지 성(性)을 살아 본 사람이기에 잘 알겠지!”

“사랑을 할 때에 어떤 쪽이 좋소? 객관적인 판결을 내려주시오.”

테이레시아스는 신들의 질문에 답한다.

“사랑에서 느끼는 즐거움을 10으로 가정한다면, 여자는 9를 느끼지만, 남자는 1정도만 얻을 수 있습니다.”

테이레시아스의 말에 제우스는 진정으로 감탄한다.

"9 대 1이라니! 나도 교미 중인 뱀을 찾아 암컷을 밟아 죽여야겠는걸."

내기에서 진 것도 분한데 모욕에 가까운 비아냥이라니, 화가 난 헤라는 소리친다.

"테이레시아스, 말도 안 되는 소릴 지껄이다니! 어둠 속에서 네 눈이 어떤 기능을 할지 궁금하구나."

헤라는 테이레시아스를 장님으로 만들어버렸다. 그러곤 헤라 외에 아무도 들 수 없는 침묵의 방으로 들어가 버린다. 제우스는 테이레시아스가 측은했지만 어찌할 수가 없다.

"미안하오, 테이레시아스. 헤라가 침묵의 방에 들어가면 나로서도 손쓸 방도가 없다오."

제우스는 장님이 된 테이레시아스에게 그 보상으로 예언의 능력과 함께 장수의 복을 내렸다. 그 덕에 테이레시아스는 여느 신들보다 오래 살았다. 기나긴 수명을 사는 동안 테이레시아스는 늘 혼잣말처럼 노래하곤 했다.

오, 세실리아

홍등가의 불빛 아래

끊임없이 찾아온 사랑의 열정

세실리아, 사랑에 불타던 젊은 시절, 눈부시게 아름다운 젊은 여체
세실리아, 아낌없이 불태운 나의 청춘, 남김없이 쏟아부은 삶의 열정
세실리아, 세실리아, 오! 세실리아♪ 사랑에 불타는 눈부시게 아름다운 여자의 몸

유익한 읽을거리를 제공하면 좋겠다는 생각에 이지야 교수의 칼럼 중에 「9 대 1, 세실리아」라는 산문시 형식의 칼럼을 뽑아 들었다. 미리 와서 기다리는 내담자들을 위한 것도 있지만 지난 모임에서 섹스하면 남자가 좋냐, 여자가 더 좋으냐의 논쟁에 좋은 길잡이가 되어줄 것 같다.

내담자들 머릿수에 맞추어 12장을 프린트해서 챙겨 들고, 즉흥적으로 콧노래를 불렀다. 「세실리아!」에 곡을 붙여 노래로 만들어도 재미겠단 생각이 든다.

'오, 세실리아, 남김없이 불타는 나의 청춘, 눈부시게 아름다운 여인의 몸!'

두 번째 상담치료, 확실히 내담자들의 말은 직설적이다 못해 여실하다.

"뇌를 갈아버리고 싶을 때가 있어요."

비명소리에 가깝게 장군이 말한 것에 원조BTS가 되묻는다.

"그 아까운 것을 왜요?"

"내 안에 끔찍한 뭔가가 있어! 시시때때로 그것은 불타며 나를 엉망진창으로 만들어놓는단 말이오."

장군의 총체적 난국에 뭐라 해줄 말이 없다. 다만 뇌의 문제만은 아닐 텐데! 이들에게 DNA의 명령에 원초적으로 끌리는 인간존재의 비밀을 알려주기 위해서 얼마나 머나먼 길을 동행하며 떠나야 할까!

한편으론 병재가 이곳에 없는 것이 다행이란 생각이 들었다. 보조진행을 자청한 것처럼 원조BTS가 다른 이의 의견을 물었다.

"삼척과 같은 고민에 빠진 다른 사람 있소?"

'같은 고민에 빠진 다른 사람?' 말이 이상하다 싶은데 삼척이 발끈한다.

"장군이라니까!"

"그냥 삼척이라 합시다."

"안 되오. 원하는 이름을 불러주시오."

"부르는 사람 입장도 생각해줘야지. 그럼 댁은 나를 '대왕마마'라 부르시오."

"마마라니?"

내가 나서야 할 때란 걸 직감했다.

"그럼 '삼척장군'으로 하는 건 어떨까요?"

"고거 재밌네!"

원조BTS와 장군이 고개를 끄덕이며 화해하는가 싶더니, 20번이 대뜸!

"삼척장군이라 그리 작은 게요?"

"뭐야?"

심각한 내적 고민을 내놓고 저리 태연할 수 있다니……, 나는 어쩐지 만담꾼들의 모임에 와 있다는 기묘한 데자뷔의 느낌을 받는다. 그때, 문이 열리고 병재가 들어왔다. 기대한 것과는 다르게 부모님과 대화가 매끄럽지 않았나 보다.

"꼬맹이 왔네!"

모두 계면쩍은 표정, 반항적인 병재의 태도가 원인제공을 했겠지만 아무래도 10대 청소년 앞에서 자신들의 여실한 이야기를 내놓기가 꺼림칙한 것 같다.

"……."

병재의 출현 때문인지, '뇌를 갈아버리고 싶다'던 삼척장군의 발언 때문인지 싸늘한 침묵이 찾아왔다. 이상하게도 휑한 벽을 보며 인간성을 말살하는 불합리한 제도를 고발하는 의미로 뇌를 상실한 채 '상자 속에 갇힌 인간'을 연작으로 그렸던 베이컨의 그림을 걸어놓으면 좋겠단 생각이 들었다.

"그만큼 단순한 일이 아니에요."

"예?"

사람들의 이목이 내게로 집중되는 것에 묘한 쾌감이 느껴진다. 마치 뇌의 전두엽 부위에 아드레날린 주사를 맞은 느낌!

"고급 레스토랑, 값비싼 음식에 맛을 들이면 혀가 어떨까요? 까다로워져서 저렴한 서민 음식에는 더 이상 맛을 느끼지 못하게 될까요?"

다들 가만히 생각하는 눈치, 높아진 집중력 탓에 거침없이 혀가 굴러간다.

"왜 수많은 기억, 그 비중 있고 파란만장한 기억을 제쳐두고 자질구레하며 심지어 사소하기까지 한 기억만이 떠올라 나를 괴롭힐까요? DNA유전자가 기억과 욕망마저 통제합니다. 자기취향에 맞는 기억만 단백질 전이를 시키는 것입니다. DNA의 통제를 우리는 습관이라 부릅니다. 습관에서 자유로운 사람 있나요?"

분위기가 숙연해지며, 20번의 작은 헛기침 소리가 들렸다.

"그럼 어찌해야 하나요?"

"습관을 깨야지요. 몸의 언어에서 벗어나 마음의 소리를 듣고, 욕망의 사슬에서 벗어나 영혼의 바람을 깨달아야 합니다."

스스로 생각하기에도 상담 치료와는 거리가 먼 것처럼 느껴졌지만 마음에 담을 여력이 없었다.

"여전히 살아가는 이유는 욕망 아닐까요?"

매일 하루에 20번은 해야 성이 찬다는 20번이 질문을 던졌다. 난 스스럼없이 답했다.

"깨달은 마음은 자유를 얻습니다. 자유로운 마음은 습관의 벽을 깰 수 있어요. 그리고 살아가는 이유를 알게 되죠."

잠시 시간을 늘려놓은 것처럼 30초의 침묵 후 원조BTS가 묻는다.

"뭡니까? 살아가는 이유가?"

나는 숨을 쉬며 가장 깊은 곳에 잠겨 있는 나를 끄집어낸다.

"먼저 마음이 자유로울 수 있도록 하세요. 어머니가……." 담담하게 말하고자 하는데 감정이 흐트러지고 만다.

"수진이라는 여동생이 있었어요. 어릴 적 저는 집착이 심한 아이였죠. 저 때문에 부모님이 싸우시고 어머니는 여동생을 데리고 외할머니 댁에 갔어요. 돌아오는 길에 사고가 났고……, 끔찍한 사고였습니다. 만취한 운전자가 중앙선 넘어 달려들었다고 하더군요. 저는 가끔 생각합니다. 엄마가 수진 대신 나를 데리고 갔다면…….”

상담 치료는 내담자만의 전유물이 아니란 걸 알았다. 병재와의 대화에서 이미 나 자신을 비추는 거울을 선물 받았고, 이들과의 교류에서 많은 걸 깨닫게 된다.

“이름을 새로 바꾸고 싶어요.”

병재가 손을 들며 말했다.

“이제부터 ‘햇살’로 불러주면 감사할 것 같습니다.”

“감사하면 감사했지, 할 것 같다는 건 뭐야?”

삼척장군이 핀잔이다. 누군가(그의 희망이름이 ‘누군가’이다) 윗옷 단추를 매만지며 자신도 이름을 바꾸겠노라며 말했다.

“나를 보지라 불러주시오.”

확실히 여실하다, 현실은……!

“그건 안 됩니다.”

“왜요? 이 모임엔 편견도 없고 꾸지람도, 그리고 잔소리도 없다면서?”

이들은 섹스(性), 그 야릇한 이름에 미혹되어 마치 벌거벗은 임금님처럼 무분별하게 도취되어 있는 것일까!

“안 됩니다.”

누군가는 자기고집을 꺾지 않았다.

“보지 아니면 난 누군가일 뿐이오.”

그가 집착하는 이유를 알 것도 같다. 누군가는 회를 좋아하는 것이다. 그렇지만 모든 음식을 날것으로 먹을 수 없고, 삶의 식재료를 횟감 치듯 조리할 수는 없다. 나체가 좋다고 옷을 벗은 채 활보하다가는 타인에게 끼치는 민망함의 폐해를 감당할 수 없을뿐더러, 본인 스스로가 다칠 수 있기 때문이다.

"누구님, 왜 그렇게 집착하시는 겁니까?"

하마터면 그의 실제 이름을 부를 뻔했다. 누군가는 답한다.

"난 보지 속에 있었어요. 보지로 인해 탄생했고, 언제든 그 안에 들면 기분 좋아요."

심리 일원칙, 선 이해, 후 풀이! 그것이 맞는지 이지야 교수에게 물어봤을 때 교수님은 답했었다. "아니, 선도 그렇고 앞뒤 모두 이해, 오직 이해! 사람의 마음은 탐정소설과 같아. 사건이 아니라 인물을 이해하면 풀리지. 오직 이해해 주고 관심과 애정을 기울일 때 변화할 수 있는 거야."

답답했는지 햇살로 이름 바꾼 병재가 입 열었다.

"자궁이에요."

"뭐?"

"자궁이라고요. 보지가 아니라……."

햇살의 말에 어른들이 술렁였다. 삼척장군이 두꺼비마냥 눈꺼풀을 끔찍이며,

"신(神)의 궁전은 자궁이 분명해. 삶과 죽음을 초월하려면 그곳에서 잠들어야 하지 않겠어?"

섹스가 삶의 의미인 이들의 모임에서 성(性)에 대해 얼마나 더 선혈이 뚝뚝 떨어지는 육회의 날것을 경험해야 할까! 나는 내담자들에게 규칙 하나를 만들어 줄 필요성을 느꼈다.

"이제부터 여성의 성기는 '샘'으로, 남자의 성기는 '물'로 은유하겠습니다."

"합쳐서 샘물? 갑자기 갈증 나네!"

"맞아요. 섹스란 시원한 물과 같은 것이죠. 그렇다고 물만 먹고 살 순 없잖아요? 샘 말고 다른 좋은 걸 찾아보아요."

내담자들은 터무니없는 말이라도 들은 것처럼, 마치 타민족이 침입해온다는 소식이라도 접한 원시시대의 부족민들처럼 허무맹랑해하며 적대적인 얼굴표정을 지었다.

나는 지금처럼 다부지게 마음을 다잡은 적도 없는 것 같다.

"저는 잠만큼 좋은 게 없어요. 때때로 음악만큼 좋은 게 없다고 생각 들 때도 있지요. 그리고 책 읽을 때는 이보다 좋은 걸 느껴보지 못했단 생각이 들기도 해요."

파도타기 응원에서 물결이 끊어지는 것을 원치 않는 응원 단장처럼 햇살이 말 잇는다.

"전 먹는 것만큼 좋은 게 없어요. 친구들과 어울려 농구할 때도 좋아요. 공부는 종종 지겹긴 하지만……, 뭐 좋은 거만 하고 살면 막상 질릴 거예요."

"하요, 돈만큼 좋은 게 있으려고!"

삼척장군이 예의 지나가는 투로 말한 것에 원조의 손길을 보내려는 것처럼 BTS가 돕는다.

"난 여행만큼 좋은 게 없는 것 같소. 그리고 섹스보다는 성적인 것에 매료당하는 것이 좋소."

"성적인 것이요?"

"사실 섹스 자체는 별거 없소. 익숙한 나체, 무덤덤한 삽입, 단말마의 쾌감, 그리고 긴 허무……! 차라리 나를 흥분시키는 성적 자극, 아찔하게 감미로운 성적매력에 빠져드는 게 좋소."

원조BTS의 말에 공감한 듯 대부분이 고개를 끄덕였다. 누군가도 비로소 자기주장을 내려놓고,

"샘을 내려놓겠소. 대신 '무스탕'이라 불러주시오."

"무스탕 좋네요."

여기저기서 밝게 웃는 소리가 들렸다.

"그런데 말이오?"

20번이 나누어준 프린트를 흔들며 묻는다.

"이거, 세실리아 이야기, 아무리 도매금으로 퉁쳐도 여자가 남자보다 두 배 이상은 좋다는 건데, 왜 여자는 맨날 빼는 거요?"

"맞아, 엄청 밝혀도 시원찮을 판에!"

삼척장군이 맞장구다. 그토록 화기애애했던 분위기가 마치 출구 없는 미로에 빠진 것처럼 내려앉기 시작한다. 한줄기 빛처럼 원조BTS가 자기경험담을 이야기했다.

"내가 섹스에 빠진 이유가 전에 사귀던 여자가 엄청난 색골이었거든, 날이 새도록 하는데도 만족을 알지 못하는 거야."

"그게 누구요?"

모임에 급속도로 집중력이 높아졌다. 원조BTS가 찬란한 햇살에 그늘을 드리울 것처럼 대꾸한다.

"이미 헤어졌지."

"아……!"

5만 명의 관중이 운집한 축구경기장에서 결정적인 찬스를 놓쳐 경기장에 모인 관중 모두가 터트릴 법한 탄식소리가 새 나왔다.

"근데 그 후로 승부욕이 생긴 거요. 그래서 정력에 좋다는 건 다 했거든, 육봉, 아니 물에 알도 박았지."

"와, 해바라기 달았군!"

순간 '해바라기'라는 말이 생소했지만 대충 짐작할 수 있었다.

"나는 세상의 많은 여자가 그런 줄 알았어. 근데 눈을 씻고 찾아봐도 그런 여잔 없더군!"

"복덩이를 굴러 찼네."

많은 내담자들이 혀를 끌끌 찼다. 삼척장군이 볼멘소리로,

"정상적인 성생활을 하고 싶어도 일반 여자들은 관심이 없어."

"맞아요, 상대하려고도 하지 않아."

여기저기서 아쉬운 소리가 터져 나오며, 20번이 정의 내리듯,

"지금 이 시대의 여성들은 불감증에 걸려 있단 말씨!"

"도대체 왜 그런 거요?"

"맞소, 선생님! 왜 그런 거요?"

모두의 시선이 내게로 고정되고, 뾰족한 해답을 찾지 못해 손바닥에 땀이 밸 때, 인이어 폰을 통해 들려오는 교수님의 혜안!

'남자들은 모를 거야. 성교 전후에 여성들이 얼마나 크고 작은 스트레스에 시달리는지. 성병에 걸릴 위험, 임신할 가능성, 조금이라도 청결에 소홀하면 질 점막이 빨갛게 붓고, 분비물이 늘어나며 배뇨할 때 아픈 느낌……, 너희 남자들은 아무것도 모르지!'

이지야 교수의 목소리엔 다소 서늘한 기운이 느껴졌다. 나는 교수님의 말을 충실하게 전했다. 그리고 완곡한 표현으로 덧붙였다.

"이것저것 만진 손으로 감히 여신의 꽃잎을 탐하지 마세요."

저마다의 속마음이 궁금했지만 내담자들 모두는 큰 충격을 받은 것 같다. 자라나는 햇살 병재만이 고개를 끄덕이는 것이 눈에 들어온다.

'딩동댕'

종료를 알리는 종이 울리며 내담자들은 하나같이 아쉬운 표정이다.

"모두 수고하셨어요."

"전 시간에 했던 것처럼 말이요."

원조BTS가 학급반장처럼 말했다.

"숙제를 내어주시오. 편견을 갖고 있던 것에 생각하는 기회가 됐단 말이지."

20번과 삼척장군마저도 흔쾌히 고개를 끄덕여 보였다.

"뭐가 좋을까요?"

"아무 거라도 좋소."

"시를 짓는 건 어때요? 자신만의 언어로 섹스에 대한 시를 지어오는 거예요."

"좋소, 그거 재미있겠군!"

내담자들은 만족스러운 표정으로 문을 나섰다. 나는 병재를 불러 세웠다.

"부모님과 얘기가 잘 되지 않았니?"

"첫술에 배부를 수 있나요, 앞으로 나아질 거예요."

병재의 미소에서 어른보다 더한 성숙함이 묻어나는 건,

"대책을 찾아보자. 네가 어른들 모임에 끼는 걸 원치 않아."

"그래도 오늘은 재미있었어요. 같이 안 가요?"

"정리할 게 있어."

병재는 싱긋 웃으며 작별인사를 했다. 사람들이 다 빠져나가고 나는 밀실로 시선을 돌렸다. 이지야 교수에게 공항까지 배웅해주겠다고 하면 어떨까! 기대한 것과 다르게 누군가와 이야기를 주고받는 듯, 인이어 폰에서 줄곧 말소리가 수성거리듯 들려온다. 의자를 대충 정리하고 밀실에 든 순간, 예기치 못한 얼굴이!

"안녕."

사시사철 꽃봉오리만 맺던 배롱나무는 올여름엔 꽃피울 수 있을까! 후비가 밝은 낯으로 웃고 있었다.

제3부

내담자들

남자, 오프닝

이지야 교수가 외국 학회 일로 출타한 가운데, 심미나 조교가 세 번째 상담치료를 목전에 두고 회의를 주재했다. 연구실에서 마주하는 후비는 전혀 다른 사람 같다.

"지난주 어땠어? 상담치료가 생각보다 녹록지 않지?"

"재미있던데! 흥미도 있고."

심 조교가 편하게 말한 것에 후비도 친구 대하듯 스스럼없다. 둘 사이에서 미묘한 기류가 느껴지는 찰나, 유레카라도 떠올린 것처럼 심 조교는 넌덕스럽게……,

"아, 맞다! 둘이 입 맞췄지? 후비가 성후 뺨을 때렸고……. 둘이었구나! 그래서 이렇게 서먹한 거야?"

굳이 대꾸할 필요는 없었지만,

"우리 괜찮은데요."

그게 더 이상했다! 후비는 냉담한 표정으로 굳어버렸고, 일방적으로 말 놓은 게 미안했는지 심 조교는 과장된 애교행위와 함께 덧붙인다.

"지금은 둘이 어때? 그것도 모르고 나는 성후한테 호감을 보였잖아."

"회의 계속하시죠."

지그시 눈을 깔며 후비가 답했다. 경우에 따라선 반항하는 말로 비춰졌지만, 후비에게서 풍기는 위압감이 상당하다.

"교 …… 교수님이 연락해 오셨어……요."

나만 후비 앞에서 말 더듬는 게 아니었다. 같은 여자면서도 후비의 육감적 자태에 기가 죽었는지 심 조교는 번번이 눈도 마주치지 못했다. 무엇보다 당당한 가슴, 중력에 맥없이 처지고 마는 심 조교와는 비교할 수 없는 후비의 끝내주는 가슴 굴곡!

"내일 B그룹 상담치료엔 후비 씨가 나 대신 보조를 맡아주면 좋겠어. 그날 일이 있어서, 교수님껜 비밀로 해주고!"

긴장감을 풀려는 의도였는지 심 조교는 한층 부드러운 말투로 말했다.

"네, 알겠습니다."

"내담자들을 대할 때 주의할 점, 기본 전달 사항 숙지했지……요?"

"네."

심 조교는 후비에게서 시선을 거두고는 한결 편안해진 말투로 내게 묻는다.

"'섹스'라는 말을 언급했다고 교수님께서 뭐라 하시던데? 내담자들에게 조건반응을 불러일으키는 언사는 피해줘."

나는 가만히 생각을 밝혔다.

"저는 그것도 암시라고 생각해요."

"응?"

"교수님은 첫 강의 때 섹스를 자신만의 언어로 정의하라셨죠. 내담자들이라 해서 언어 사용에 차별을 두거나 은닉하는 건 바람직한 일이 아닌 것 같아요. 우리가 지향하는 비지시적 중심요법에서 벗어난 것이란 생각도 들고."

"그건 으 …… 음!"

잠시 심 조교에게서 예의 옹알이소리가 들리는가 싶다. 후비가 말 잇는다.

"저도 동의해요. 마치 어른들의 세상에 어린아이가 보면 안 된다 싶어 눈가리개를 하려는 것과 같아요. 현실이 여실하다면 받아들일 수밖에 없지 않겠어요?"

심 조교는 한발 치 물러나 핑크색 금속테 안경을 고쳐 썼다. 그리 보니 검은 뿔테 안경은 항시 그녀의 작업책상을 벗어난 적이 없는 것 같다.

"이 문제는 교수님 오시면 다시 토의하도록 해요."

회의가 끝나고 사뭇 다른 분위기, 심 조교부터가 무뚝뚝한 사무실 직원처럼 자기 짐을 챙기며 각자 행동했다. 나는 조용히 후비에게 다가가 말을 걸었다.

"잠깐 얘기 좀……."

"내일 봐!"

후비의 차가운 행동에 왠지 도전의식이 생겨나는 건,

"심미나 조교님, 저 가보겠습니다."

"그 …… 그래요."

심 조교는 괜스레 내 눈치를 살폈다. 나는 문을 박차고 후비를 따라붙었다.

"나 좀 보자니까!"

의도하지 않게 잡게 된 그녀의 팔, 정전기와는 차원이 다른 짜릿한 전율이 감돌았다. 후비는 돌아서 말한다.

"분홍새는 없어."

"무슨 말이야?"

"네게 거짓말했어. 아버지 사업은 폭삭 망했어. 빚쟁이들 피해서 엄마는 카드도 받을 수 없는 여인숙을 운영하셨지. 창녀촌 옆이라 항상 북적였어. 한 여름의 낮인데도 온갖 신음과 교성소리, 난 바람이 부는 복도에 서서 그 소리를 들었어. 어느 문틈인가 젊은 창녀와 나이 많은 아저씨가 성교하는 것을 엿보며……, 그 일은 줄기차게 반복되었어. 매일 하루도 끊임없이…….”

나는 그녀의 어깨에 손을 얹고 가만히 안아주었다. 한동안의 침묵과 같은 포옹이 꿀처럼 달게 느껴진다.

“이제 내가 편해?”

나는 그녀와 마주 보며, 또 그녀의 눈동자를 회피하지 않으며 답했다.

“고마워, 네 얘기 해줘서…….”

후비는 입가에 보조개를 되찾았다.

“내일 봐.”

똑같은 말인데 대하는 태도, 사소한 눈짓, 그리고 미묘한 말의 억양으로 이토록 달라지는 건……, 심 조교가 내 가방까지 챙겨 들며 나왔다. 연구실 문을 잠그는 그녀에게 묻고 싶은 말이 있다.

“여자는 남자 내담자들을 봐도 되고, 왜 나는 여자 내담자들을 보면 안 돼요?”

“왜겠어?”

“왜라뇨?”

심 조교는 가방을 건네주며 빤히 내 얼굴을 쳐다보았다.

“나즈비언이 되고 싶다고 했지?”

"네에……."

"물이 넘치면 피하고 싶지만 샘은 감출수록 캐내고 싶지."

"네?"

"자기 입으로도 말하지 않았어? 여자로 태어나도 남자랑은 하지 않을 거라고!"

심 조교는 비수 꽂는 암살자처럼 말했다.

"여자는 어떤 상황에서든 정신 줄을 놓지 않아!"

"네에……?"

그녀는 강력범죄를 규탄하는 목소리로 소리쳤다.

"사진 지워라. 죽여 버리기 전에!"

심 조교는 마치 나와는 아무런 연고도 없는 사람처럼 홀연히 사라졌다. 처음 상담실 전경을 둘러볼 때 그녀가 했던 말이 떠오른다.

'짐승처럼 뒹굴어서 그래요!'

웅크린 페르시안 고양이 같던 도발적 자태, 그리고 평온한 아로마 향기. 심 조교에게 끌렸던 이유…….

사랑, 소나타

20번의 목소리가 들려왔다. 그는 한량무를 선보이는 선비처럼 갓을 고쳐 쓰는 시늉을 하며 낭랑하고도 구성진 목소리로 시를 읊었다.

좆에 대하여

좆아 좆아, 살찐 좆아.
조좆이 꼿꼿하다 비좆이 풀죽는
속이 꽉 찬 좆!

어여쁜 살에 들어
속내 밝히는 개물
샘밖에 모르는 무식한 물탱이!

여기저기서 탄성소리 비슷한 웃음소리가 터지고, 나는 그만 엉망진창 된 요리를 내갈 수밖에 없는 궁중요리사의 심정이다. 형편없는 요리를 맛본 국왕은 아마도 요리사의 목부터 치려 들겠지!

그나마 다행스럽다면 샘과 물에 대한 은유가 대체로 지켜지고 있다는 점.

"내가 20번의 시에 답가를 하겠소."

삼척장군이 마치 정교하게 끼워 맞춘 퍼즐조각처럼 시제부터 말했다.

"제목, 십에 대하여!"

벌써부터 웃음소리가 터지고 목청을 가다듬은 삼척장군의 걸걸하고 탁한 목소리가 들려온다.

십에 대하여

십아 십아, 옴팡진 십아.
좃듯 잣듯 물레처럼
속이 깊은 샘!
뽀얀 실 잣아 어여쁜 실샘
금방이라도 분출할 것 같은 고래샘
그리고 언제라도 벌려주는 예쁜 개샘!

'맙소사!'

햇살마저 배를 움켜잡고 웃는다. 후비 또한 작은 밀실 방에서 다 듣고 있을 텐데…….

"나도 지어왔습니다."

"그만, 그만하시죠!"

"왜 그러쇼? 재미있는데!"

"죄송합니다. 과제를 잘못 내어드린 것 같아요. 제가 의도한 건 이런 게 아니었어요."

"왜요, 자신만의 언어로 써오라면서?"

좋은 의도로 말한 것이 스스로에게 족쇄가 되어 발목 잡는 건, 무스탕이 손수건을 건네주며 이마의 땀을 닦으라며 손짓했다. 인이어 폰을 통해 후비가 전하는 목소리가 닿는다.

'아무래도 조건 반응은 안 되나 봐!'

나는 뼈저리게 동감하며 고개를 끄덕여 보였다. 그것을 승인하는 태도로 여겼는지 어느 내담자가 자작시를 낭독한다.

먹고 싶은 음식처럼

짬뽕 당길 때
여자 맛보고 싶다.

먹고 싶은 음식처럼
여자 먹고 싶다.

김치 씹듯
샘 따먹고 싶다.

웃음이 널려 있는 염전에서 커다란 갈퀴로 웃음소금을 건져낸 사람들처럼 내담자들은 박장대소했다. 삼척장군이 햇살에게 다가가 어깨동무하며 좋아하는 모습이 눈에 들어온다.

"답가를 하겠소."

이번엔 발바리(바바리맨이 되고 싶다는 충동을 고백했던)가 일어섰다. 신기하게도 한바탕 웃고 떠들다가도 누군가 시를 읽을 때면 깊은 정적이 찾아온다.

침대사자

나는 침대 위 사자
불알 불룩 젖가슴이 출렁
포효하듯 물 떨면, 샘이 벌벌!

"멋진 시요. 하하하!"

여기저기 탄성이 터지며 찬사가 이어졌다. 땀을 닦으려는데 무스탕이 건네준 손수건이 이미 축축하다. 핏기 하나 없는 창백한 얼굴로 마주 보는 이가 있다. 베이컨의 그림이 자리하면 좋겠다! 싶던 벽에 거울이 매달려 있었다.

목을 움켜쥐려는 어느 가련한 청년의 자화상이 거울 위에 그려져 있었다.

"제발 그만둘 수 없나요?"

찬물을 끼얹은 것처럼 정적이 흘렀다. 이들을 어떻게 컨트롤하고 케어해야 할지, 역량도 안 되는 나를 이 자리에 세운 이지야 교수가 원망스러웠다. 그때 불현듯 교수님이 백묵으로 또박또박 써내려간 '섹스의 부재는 존재의 상실로 이어진다'라는 말이 떠오른다.

이들은 사랑의 부재로 인해 그만 밑 빠진 독처럼 되어버린 존재에 맹목적인 사랑의 향기, 곧 섹스를 주워 담으려는 걸까! 도움의 손길을 주려는 것처럼 원조BTS가 말문을 연다.

"여자가 왜 그리 만만한지 아시오?"

묘연한 전개에 우리들은 멀뚱히 원조BTS의 얼굴을 쳐다보았다.

"어릴 때 초등학교 선생님이 학예발표 잘했다고 사이다를 준 적이 있소. 가방에 넣고 뛰어가는 중에 사이다 생각이 난 거요. 꺼내서 사이다 캔 뚜껑을 땄지. 마치 폭죽처럼 사이다가 얼굴에 튀고 머리까지 적셨소. 마침 지나가는 아가씨 둘이 있었는데 대놓고는 웃지 못하고 저만치 가서야 웃음을 터트리더군. 난 그녀들을 쫓아가서 욕을 퍼부었소."

우린 원조BTS의 무용담을 묵묵히 들었다.

"다 큰 성인, 그것도 아가씨 둘에게 어린 꼬맹이가 어찌 그럴 수 있나? 그녀들은 내게 화를 내지 않았소. 미안하다는 말과 함께 손수건을 꺼내 얼굴을 닦아주더군. 사이다 당분의 끈적거림 때문에 잘 닦이지 않았지만 장미꽃이 수놓아진 새하얀 손수건, 향긋했던 여인의 냄새를 결코 잊을 수 없다오."

말의 여운이 깊어 우린 잠자코 그의 경험담을 되새겼다. 원조BTS는 목을 가다듬으며 결론 맺었다.

"동네 형들이었으면 엄두도 내지 못했을 거요. 여인은 폭력을 쓰지 않지. 무례한 자지처럼 주먹을 꺼내 들지도 않고! 여자는 사랑을 주기에 만만한 거요."

자기연민에 빠져 헤어나지 못하는 나르시스처럼 망연히 거울을 바라본다. 사람들의 시선이 미치며, 옆에 있던 햇살이 살며시 흔들어 깨우는 게 느껴진다. 나는 혼자만의 고립을 물리치며 내담자들을 향해 물었다.

"저 거울 누가 달아놨어요?"

무스탕이 선서하듯 답한다.

"제가 달아놨습니다."

"왜요?"

"저는 학교 선생입니다. 여자 고등학교에 부임 중인데……."

무스탕은 말을 잇지 못했다.

"부 …… 부끄러운 짓은 하지 않았습니다. 다만……"

우리들은 깊은 정적으로 무스탕의 다음 말을 기다렸다. 그는 마지못해,

"학생들이 제자로 보이지 않습니다."

무스탕은 그 말을 끝으로 자백을 끝마치길 원했겠지만 우리들은 잠자코 기다렸다. 괜히 윗옷 단추를 매만지며 무스탕이 입을 뗀다.

"계단을 오르는 학생들의 엉덩이를 유심히 봅니다. 발육상태

가 좋아서 벌써부터 D컵인 여학생들도 있어요. 피부는 어찌나 깨끗한지! 간혹 해맑은 얼굴에 여드름 핀 학생들도 있지만 그녀들 모두가 사랑스럽습니다."

그는 말을 마치길 원했겠지만 내담자들은 여전히 기다렸다, 아직 클라이맥스가 오지 않은 탓에…….

어쩔 수 없다는, 혹은 체념한 표정으로 무스탕은 입 열었다.

"매일 상상만 하다가 하루는 그녀들의 벗은 몸을 보고 싶단 생각이 들었어요. 탈의실 로커에 숨어들기도 하고, 몰래 화장실을 엿보기도 했지요. 이러면 안 된다! 다짐하지만 그럴 때마다 악마 같은 전율이 느껴집니다."

한번 물꼬를 튼 일선교사의 고백은 끝도 없이 이어졌다.

"야간 자율학습 시간에 엎드려 자는 학생이 있었어요. 평소에 눈여겨보던 믿기지 않을 정도로 발육 상태가 좋은 글래머 학생이었지요."

이때만큼은 너그러운 배려로 기다려주는 정적이 아닌 호기심에 숨죽이며 새 듣는 침묵이 내담자들 사이에 팽배하다.

"야단칠 의도는 없었어요. 고단한 제자에게 위로가 되고 싶단 생각이었습니다. 팔을 잡았는데 물컹하더군요. 껴안고 싶은 충동이 일었습니다. 그녀의 몸에 손대려는 순간, 거울에 비친 얼굴이 보였어요. 맘속 바람과는 다르게 그의 얼굴은 수심에 가득했고, 뻗은 손길은 탐욕에 절어 있었습니다."

무스탕은 마침내 말을 마치며 고개를 떨궜다. 그의 얼굴은 여전히 고뇌와 번민에 싸여 있다. 어쩐지 적의에 찬 목소리로 후비가 귀엣말을 전해온다.

'전근 가라고 그래!'

찾으려는 건 정답 아닌 해답이라는 이지야 교수의 말이 떠올랐지만,

"개인적인 어려움 때문에 압박을 느낀다면 전근 가는 것은 어떨까요?"

"생각해보지 않은 건 아니나 옮기긴 싫소!"

"왜요?"

"이 학교가 좋아요. 평범한 남학생들 학교로 가느니 교사직을 그만두는 게 낫소."

그의 대답은 완고했다. 결코 내담자에게 공격적인 언사를 하는 건 바람직하지 않으나,

"그 학교가 좋은 건가요, 여학교가 좋은 건가요? 선생님으로서 학생들을 올바로 이끄는 게 좋나요, 범죄자로서 여학생들을 엿보는 게 좋나요?"

"그 …… 그건."

"실례되는 말을 했다면 죄송합니다. 그렇지만 선생님의 행동으로 인해 평생 씻을 수 없는 상처를 안게 될 제자들을 생각해 보진 않으셨는지요?"

나는 그에게서 받았던 손수건을 돌려주었다. 그때, 환청처럼 후비의 목소리가 들린다.

'네 거 만지고 싶어!'

일원칙을 망각한 후비에 의해 광기가 범람했다. 나는 인이어폰을 꽉 쥐고 귀 기울였다. 그녀는 계속 속삭였다.

'넌 보르델의 창녀야. 난 대물 단 손님이고!
네게 사랑이라는 돈을 지불하고 각종 성행위를 강요하지.
난 너를 매달아 때릴 거야. 네 자궁을 아플 지경으로 쑤실 거고!
꼼짝할 수 없어. 넌 사랑이라는 돈을 받았으니까…….'

그녀의 속삭임에 몸과 마음이 옴짝달싹할 수 없는 지경으로 빠져드는 건, 이 시간이 지나가면 나는 흠뻑 젖은 몸으로 밀실에 들 것이다. 그리고 차마 여교수에게 선보이지 못했던 거칠고도 적극적인 충동, 그 뜨거운 삶의 중력을 발현할 것이다.

여자, 피날레

무스탕의 표정이 심상찮다. 충격을 받았는지 그는 고개를 숙인 채였고, 얼굴엔 핏기가 사라져 있었다. 종료시간이 가까워 그의 기분을 풀어주려 말 붙였다.

"무스탕 선생님, 근데 어떤 과목을 가르치십니까?"

"체육."

그는 고개도 들지 않고 건성으로 답했다. 자세마저 비슷한데 어깨가 떡 벌어진 그의 모습은 로댕의 조각상, 〈생각하는 사람〉을 연상시켰다.

"아, 체육……."

근육질의 무스탕을 부러워하는 표정으로 몇몇 내담자들이 고개를 끄덕였고, 곧이어 종료를 알리는 종이 울렸다.

"수고하셨습니다."

우울한 무스탕을 빼고 다들 아쉬워하는 눈치다.

"벌써 다음 시간이 기다려집니다."

평소 우울해 보이던 몇몇 내담자의 눈빛에서도 강한 생동감이 느껴졌다.

"파이팅이라도 외칠까요?"

우리들은 성공적인 경기를 끝마치고 승리를 자축하는 미식축구 선수들처럼 한데 모여 어깨동무를 했다.

"무슨 구호가 좋을까요?"

"샘을 위하여!는 어떻소?"

"선생님, 왜 그러십니까?"

자기가 말한 것에 쑥스러웠는지 20번이 배시시 웃는다. 그때,

"근데 말이오, 귀에 꽂은 그건 뭐요?"

수상한 거라도 발견한 형사처럼 무스탕이 귀에 꽂은 인이어폰을 가리켰다.

"모 …… 모르셨나요?"

"뭘 말이오?"

인이어 폰의 정체를 밝히려니 정작 뭐라 설명해야 할지 막막하다.

"다른 상담 선생님들의 의견을 들어 가장 좋은 방향으로 진행하려고……."

"뭐요? 우리 얘기를 새어 듣는 누가 있단 말이오?"

"그 …… 그게 아니라. 동의서에 사인하지 않으셨습니까?"

"무슨 동의서?"

무스탕은 영문을 모르겠다는 표정으로 눈을 치켜떴다. 원조 BTS가 점잖게 타이르듯,

"답답하게 왜 그러쇼, 녹화되는 것이 연구목적으로 공개될 수 있다는 동의서 받지 못했소?"

"공개가 아니라 저……."

말 고칠 새도 없이 무스탕이 날카로운 시선으로 CCTV 카메라를 돌아봤다.

"뭐 녹화도 돼? 환자 간 비밀 유지는 어떻게 하고?"

"선생님, 그건 철저하게 지켜질 것입니다. 다만 집단 상담이란 게 실험적으로 진행되다 보니……."

"뭔 개소리야? 난 동의한 적 없어."

"나도 없는데?"

삼척장군이 토끼눈을 하며 끼어든다. 신청서를 받을 때부터 동의서가 누락되었는지 두세 명이 더 따져 물었다.

"뭐야? 생각해보니 열받네! 우리가 실험쥐야?"

"고정하시고요. 가장 좋은 상담치료를 위해 그런 것뿐이니……."

"다 같은 처지라 생각해서 스스럼없이 나의 치부를 얘기했어.

근데 어느 쥐새끼가 우리들 얘기를 다 엿듣고 있었다는 거지? 그것도 모든 걸 기록하며! 그게 어디야, 이 쪼그만 방구석이야?"

흥분한 무스탕은 밀실로 달려가 블라인드 유리창을 위협적으로 내리쳤다. 몇몇이 나를 도와 그를 끌어 말렸지만 억새와 같은 힘이 느껴진다.

"이거 놔! 어느 쥐새낀지 확……."

무스탕은 우리들을 질질 끈 채로 밀실 문을 끌어당겼다. 후비가 안에서 잠갔는지 열리지 않자 발길질로 문을 걷어찼다.

'창캉 창캉!'

얇은 알루미늄 문이 간이합판 판넬벽에 부딪치며 그런 소리를 냈다.

"선생님, 진정하시고요!"

"지금 진정하게 생겼어? 뭐 이런 경우가 다 있어, 씨!"

그때 내 눈에 다른 장면이 잡혔다. 삼척동자, 아니 장군이 접이식 철제의자를 방망이처럼 쥐어 들고 블라인드 유리창을 막 후려치려 하고 있었다.

"삼척, 멈춰!"

말릴 새도 없이 장군은 철제의자를 휘둘렀다. 그 짧은 순간이 마치 느린 화면처럼 지나가며, 심지어 유리창에 막 부딪치는 철제의자의 미세한 떨림마저도 눈에 들어온다.

'와장창!'

블라인드 유리창이 산산조각 나며 비명소리가 들렸다. 후비가 냈으니 당연도 하겠지만 여자의 비명소리에 다들 놀라 물끄러미 그 안을 쳐다보는데, 순간 목구멍으로 넘어가는 침이 주먹만큼이나 크게 느껴진다.

"뭐 …… 뭐야?"

다행히 후비는 팔을 X자로 방어하며 유리조각들을 막아냈다. 작은 유리조각이 튀었는지, 그녀가 팔을 내렸을 땐 왼쪽 뺨에 실금 같은 생채기가 나 있었다. 한동안 부들부들 떨던 후비는 놀람을 가라앉히며 싸늘한 냉소와 함께 말한다.

"그렇게 보지가 좋아?"

우린 답을 못 하는 늑대처럼 빙 둘러 서서 숨 막히게 아름다운 보름달의 광채를 받았다.

"여자가 짐승이야, 단지 섹스를 위한 도구야?"

거기 모인 열 명 이상의 남자들, 누군가 작은 하울링으로라도 응답할 수 있어야 하는데, 우린 전쟁의 여신 아테네 앞에 선 조무래기 전사들처럼 움츠러들 뿐이다.

"말해봐! 피가 당기면 사냥하고, 꼴리면 박는 거야?"

후비는 상담실 안으로 발을 들이며 쏘아붙이듯 말했다.

"허접하고 게걸스런 섹스에 질렸어. 성을 다루는 에티켓이 무너져도 어떻게 이렇게 무너질 수 있는지!"

부릅뜬 눈에 고운 아미, 뺨에서 실금같이 흐르는 피, 그리고 무엇보다 암갈색 벨벳블라우스에 드러난 후비의 아름다운 상체 실루엣! 감히 넘볼 수 없는 카리스마에 압도되어 우린 묵묵히 여신의 설교를 들었다.

"욕망을 이루는 건 존재의 본질이야. 그게 없으면 어떤 사람은 삶의 의미를 잃어버리니까. 난 30센티 자궁을 타고났어. 한시라도 사랑하지 않으면 괴롭게 태어났지. 나의 사랑지수는 무한정이야. 진실한 사람 만나면 사랑하고 싶어. 그렇지만 당신들은 섹스에 미친 수컷일 뿐이야."

떨리는 그녀의 발걸음에 안정을 찾아주고 싶다. 그렇다고 후비의 앞을 가로막다간 내담자들이 어떤 돌발행동을 할지 가늠할 수가 없기에 그저 묵묵히 서 있는 쪽을 택했다—그렇게 마음먹었음에도!

정작 후비가 스쳐 지날 때에 그녀의 팔을 살짝 잡았다. 그것이 위안을 주려는 손길이었는지, 그녀에게서 풍기는 더없이 향기로운 살구향에 도취되어 본능적으로 그러했는지 잘은 모르겠다. 다만 그녀는 말했다.

"이거 놔, 너 때문에 진정이 안 돼!"

확인사살을 위한 총알을 심장에 박듯 그녀는 마지막 말을 남기며 떠났다.

"내가 너희들을 보며 도저히 쌀 마음이 아니다."

나는 가만히 서서 일원칙을 떠올린다. 심리의 일원칙 아닌 후비가 말했던 미식의 일원칙을…….

출처 & 참고문헌

-『꽃피는 보푸라기』의 김금래 시인 칼럼,「혼자라고 생각 말기」중에서
- 세라 B. 허디 저, 유병선 역,『여성은 진화하지 않았다』, 2006, 서해문집
- 제프리 밀러 저, 김명주 역,『스펜트』, 2010, 동녘사이언스
- 제프리 밀러 저, 김명주 역,『연애』, 2009, 동녘사이언스
- 오쇼 저, 류시화 역,『장자, 도를 말하다』, 2006, 청아출판
- 송성수 저,『위대한 여성 과학자들』, 2011, 살림
- 데이비드 버스 저, 전중환 역,『욕망의 진화』, 2007, 사이언스북스
- 알랭 드 보통 저, 정미나 역,『인생학교, 섹스』, 2013, 쌤앤파커스
- 네사 캐리 저, 이충호 역,『정크 DNA』, 2018, 해나무
리처드 도킨스 저, 홍영남 역,『이기적 유전자』, 2010, 을유문화사
- 매트 리들리 저, 신좌섭 역,『이타적 유전자』, 2001, 사이언스북스
- 김원익 저,『신화, 인간을 말하다』, 2011, 바다출판사
- 폴 크뇌플러 저, 김보은 역,『GMO사피엔스의 시대』, 2016, 반니
- 오로지 저,『한국의 GMO재앙을 보고 통곡하다』, 2015, 명지사
- 존 T. 랭 저, 황성원 역,『GMO, 우리는 날마다 논란을 먹는다』, 2018, 풀빛
- 심현영,「비언어적 커뮤니케이션의 중요성」, 2018,《리서치페이퍼》
- 권오길,「생물이야기—비아그라의 원리」, 2017,《강원일보》
- 한성열·서송희 심리학 콘서트,「세계 두 번째로 '섹스리스' 부부가 많은 한국」, 2018《주간경향》
- 김우재,「다윈은 영리했고 멘델은 소박했다」, 2010,《사이언스온(한겨레)》
- 김성은,「범죄와 유전자의 상관관계」, 2018,《리서치페이퍼》
- 정재승,「미래 & 과학—보수와 진보, 뇌의 두께」, 2016,《한겨레》
- Blog 이과「이과의 읽을거리—쓰레기유전자」, 2015, ian3714
- 키무라 케이쿤,「충격적인 일본의 섹스 의존증 환자 실태」, 2018.《OSEN》
- 조현욱,「조현욱의 빅 히스토리—정크 DNA」, 2017,《중앙선데이》
- 김진호,「우울증 일으키는 유전자가 있다」, 2018,《동아사이언스》
- 토마스 맥카시 연출,〈스포트라이트(Spotlight)〉, 2015, Movie